KB147200

# 푸른밤 붉은수레

# 푸른 밤 붉은 수레

인쇄 · 2019년 3월 15일
발행 · 2019년 3월 20일

지은이 · 강경호
펴낸이 · 한봉숙
펴낸곳 · 푸른사상사

주간 · 맹문재 | 편집 · 지순이 | 교정 · 김수란
등록 · 1999년 7월 8일 제2－2876호
주소 · 경기도 파주시 회동길 337－16 푸른사상사
대표전화 · 031) 955－9111(2) | 팩시밀리 · 031) 955－9114
이메일 · prun21c@hanmail.net
홈페이지 · http://www.prun21c.com



ISBN 979－11－308－1414－8 03810
값 15,900원



이 도서의 국립중앙도서관 출판예정도서목록(CIP)은 서지정보유통지원시스템 홈페이지(http://seoji.nl.go.kr)와 국가자료공동목록시스템(http://www.nl.go.kr/kolisnet)에서 이용하실 수 있습니다.(CIP제어번호: CIP2019008772)

푸른사상 소설선

# 푸른 밤 붉은 수레

강 경 호

장 편 소 설

묵호 어달 어판장에 양미리가 산더미처럼 쌓였을 때 한 아이가 태어납니다. 사람들은 10년 만의 풍어라고 했지만 태어난 아이는 풍요를 누리기는커녕 어느 누구의 주목조차 받질 못합니다. 아이는 할머니 손에서 외톨이로 자랍니다. 그러나 향기 맡기를 좋아하고 꿈과 공상에 젖어 들기를 즐기며, 태생적으로 밝은 성격을 지녔습니다. 발칙한 성적 호기심에서 나온 음충한 몽상만 제외한다면 더없이 선량한 소년입니다.

어느 날, 소년은 진홍의 바다와 붉은 굽이를 으르렁대는 성난 파도와 가랑잎마냥 풍랑에 휘둘리는 배를 봅니다. 소년이 동호리에 살던 어릴 적 집 뒤편 언덕배기에서 늘 보던 평화롭고 고즈넉한 바다가 아닙니다. 그 진홍의 바다는 소년이 장차 살아가야 할 험난한 세상이고 삶의 예시입니다.

소년 주변에 또 한 사람이 있습니다. 진홍의 하늘과 진홍의 바다가 있게 한 장본인입니다. 그는 종교를 창시하는 게 목적이지만 궁극은 악의 기운을 온 세상에 퍼트려 사람이 부재한 세상을 만들려고 합니다. 그는 사람일 수 있고 아닐 수도 있습니다. 때에 따라 시공을 초월하고 잔인한 성정의 괴인이 되기 때문입니다. 진홍의 괴인이 악한 기운을 세상에 퍼트릴 때 소년은 운명적으로 괴인과 맞서려 합니다. 소년에겐 턱없이 힘에 부치는 일이지만 어둠의 갱에서 스스로에게 한 약속을 지키기 위해서입니다.

소년에게도 좋은 나날이 있었습니다. 친자 이상으로 자신을 사랑한 양부모와 그 누이들, 학창 시절 우정으로 맺어져 추억을 쌓던 절친 쓰리똘, 그리고 무엇보다도 공상과 꿈을 지속할 수 있게 해준 여유롭고 안락한 생활이 소년의 기억에 남은 행복한 시간임엔 틀림없습니다.

이 소설은 선의를 지닌 한 소년의 인생 유전입니다. 대조적으로 소년이 증오하고 복수를 다짐한 한 대상의 악의 행적도 이 소설의 요소입니다. 이 선악의 충돌은 우리의 세상에 보편적 현상일 수 있으나 소년에게 있어선 목숨을 걸 만큼 남다른 사연이 있습니다. 그 사연을

소설로 엮었습니다. 그게 공상이든, 환상이든, 또는 현실이든 분명 독자들의 흥미를 자아낼 것입니다.

책의 출간은 언제나 기쁘고 보람된 일입니다. 이 책의 출간을 위해 노력하신 푸른사상사 임직원 여러분께 감사를 드리며, 이 책이 널리 읽혔으면 하는 기대를 가져봅니다. 이 기대는 한국문학과 한국소설의 융성을 바라는 염원이기도 합니다.

2019년 3월 초봄
강경호

# 1

자연이라는 상점에는 아름답고 이로운 것만 있는 게 아니다. 추악한 것과 해로운 것도 있고 광기의 상품도 있다. 만물과 사유, 혼돈으로 이루어진 이 상점은 각기 철학과 종교라는 이름의 주인과 독선, 이기, 무지, 편견 등 부정적으로 해석되는 점원들이 운영하고 있다. 손님이나 점원, 그 누구에게도 모습을 드러낸 적 없는 주인은 비교적 이성적이고 관대한 편이지만 점원들은 그렇지 못하다. 손님들에게 악의적 선택을 강요하기 때문이다. 이 소설은 그중 광기를 파는 한 점원이 엮어내는 이야기이다. 무릇 지능을 가진 생명체가 그러하듯 단생인 반면 번식력은 왕성한 탓에 절멸하지 않는다는 주관적 사고를 그는 지니고 있다. 그가 추앙하는 것은 희대의 인간 살육자들이며 아름답고 고귀한 생명체일지라도 희소하지 않다면 그는 단연코 경시한다. 그런 관점에서 인간은 풀 한 포기보다도 가치가 없다고 주장할 만큼 그의 사변은 비이성적이다.

소년은 운동화를 갖고 집을 나섰다. 오후 나절, 해진 고무신을 신고 다니는 소년의 딱한 모습을 눈여겨 본 신발 장수가 "가엾구나. 할머니 잘 보살펴드려라."면서 그냥 준 새 신발이었다. 난전에서 파는 흠 있는 등외품이고 가난한 여학생들이 사서 신는 싸구려 청색 운동화이지만 소년은 그런 점에 대해 전혀 개의치 않았다. 그저 신발 장수 아주머니에 대한 고마움과 난생처음 운동화를 신게 됐다는 설렘으로 가슴이 벅차기만 했다.

소년은 운동화를 얼굴 가까이 대 냄새를 맡았다. 신기가 아까우리만치 소중해 벌써 몇 번씩이나 하는 행동이다. 접착제 냄새와 어우러진 베신 특유의 냄새가 흠씬 후각을 자극한다. 언제 맡아도 새롭고 마음을 들뜨게 하는 좋은 냄새이다.

소년이 간 곳은 집 뒤편, 길을 내느라 중턱이 반쯤 깎인 언덕배기였다. 할머니를 기다리거나 공연히 바다가 보고 싶을 때 걸음하는 장소였다. 늦더위를 식혀주는 한 줄기 바람이 저 아래 동호리 쪽에서 불어왔다.

어판장이 있는 선창 주변에 다붓하니 붙은 집들과 검은 윤곽의 배들이 오밀조밀 들어찬 축항과, 저 멀리의 점점한 읍내가 한눈에 잡혔다. 귀 기울이면 통통거리는 소리가 들릴 것만 같은, 가뭇한 연기를 내뿜으며 내해를 횡행하는 고깃배들의 부산스러움도 저녁 바다의 일상스런 풍경으로 비쳐졌다.

한동안 무심한 눈길로 동호리 바다 쪽을 응시하던 소년은 시장기를 느꼈다. 어판장에 일하러 간 할머니가 돌아와야 저녁 식사를 할 수 있을 테지만 어제부터 오늘 아침까지 거듭 먹은 밀기울 수제비가 아니었으면 하는 바람을 가져본다. 깔깔하고 시큼할 뿐, 맛이 통 없는 데다 식으면 풀기 없는 묵처럼 변하는 밀기울 수제비를 생각하니 금방이라도 뱃속에서 신물이 올라올 양 정나미가 떨어졌다. 소년의 바람은 김이 모락모락 이는 하얀 쌀밥에다 곤이와 알이 그득한 명탯국을 양껏 먹는 거였다. 그러나 부질없는 바람이어서 밀기울이 조금 섞인 보리밥에 가오리 내장국이나 오징어 애국도 괜찮다는 생각을 해본다. 그리고 얼마 전 시장 통에서 맛본 단팥이 듬뿍 든 흰 찐빵과 돼지고기와 두부로 속을 채운 고기만두가 새삼 떠올라 언제 또 먹어보나 하는 속절없는 생각을 하다 마른침을 꿀꺽 삼킨다. 친할머니와 단둘이 사는 소년은 고아나 다름없었다. 소년이 갓난 아깃적 오징어잡이를 갔던 소년의 아버지는 배가 풍랑에 휘말리는 통에 바다에 빠져 숨졌고, 그 뒤 생모마저 집을 나가 지금껏 소식이 없어 생모와는 사실상 절연 상태였다. 생활은 자연 육십을 훌쩍 넘긴 할머니에 의해 꾸려지기 때문에 형편없는 식사마저 거를 만큼 곤궁하기 그지없었다.

소년은 냄새 맡기를 좋아했다. 배고플 때는 자동차가 내뿜는 배기가스를 맡고자 차가 힘들게 오르는 오르막길에서 서성였고 철 따라 찔레꽃, 아카시아꽃, 감꽃, 치자꽃, 등이 필라치면 그 꽃을 채취해 병에 넣어두고 향기 맡기 일쑤였다. 하지만 소년이 무엇보다도 즐겨 하는 것은 벽을 향해 누워 바닥 틈새에서 나는 습한 냄새를 맡으며 공상의 세계에 빠져드는 일이었다. 공상의 무대는 언제나 해저였다. 그리고 해저를 누비는 주인공인 자신의 상대는 한결같이 미나였다.

쌀쌀맞고 도도한 미나는 한동네에 사는 초등학교 동급생 소녀였다. 외톨박이 가난한 소년이 큰 기와집에 사는 얼굴 예쁜 부잣집 소녀를 부러워하고 연모의 정을 지님은 어쩌면 당연한 일일 것이다. 그러나 소년이 소녀에 대한 집착은 밤과 낮이 달랐다. 밤엔 자신이 구축한 해저의 왕국에서 순종적 인형처럼 움직이는 소녀를 상대로 마음껏 성적 유희에 탐닉하는 사디스틱한 존재였고 현실 세계인 낮엔 소녀의 눈길과 웃음, 관심을 얻고자 애태우는 한낱 숫기 없는 소년일 뿐이었다. 오늘도 소녀의 집 앞 우물가에서 소녀의 모습을 행여 볼 수 있을까 싶어 공연히 서성이지 않았는가. 아니 깔깔대는 웃음소리만이라도 듣고자 대문까지 걸음하지 않았는가. 그러나 미나는 그를 거들떠보지 않는다. 가난한 이들은 천하고 불결한 존재이므로 가까이해선 안 된다는 오만함 때문인지 모른다. 소년의 기대는 실망으로 변했다. 소년은 하늘을 본다. 까닭 모를 외로움에 금방 맥없어 한다. '그래, 동호리나 가 볼까.' 즉흥적으로 인 충동에 소년은 잠시의 우울에서 벗어나 발길을 옮긴다. 터벅한 고무신 걸음 뒤로 흙먼지가 인다.

어둠이 깃든 저녁, 마을에서 떨어진 한 외딴집에 희미한 불빛이 어렸다. 수런수런한 말소리가 들리고 누군가 모습을 내비쳤다. 소년이었다. 소년은 마당을 가로질러 길 둔치에 조성된 작은 텃밭을 향한다. 텃밭에 채소가 자라고 있어 아마도 식사 때 먹을 푸성귀라도 뜯을 요량인가 보다. 어선 건조에 소용될 목재를 실은 제무시(GMC) 트럭이 웽! 하는 소음을 흩뿌리며 신작로를 내닫는다. 얼마 전 집 옆으로 새 길이 나는 바람에 벌채된 통나무를 실은 트럭들을 심심찮게 보게 되는 광경이다. 그런데 새로 생긴 길과 기존의 길이 만나는 지점은 경사에다 굽어 있어서 이따금 통나무를 잔뜩 실은 차가 속도라도 낼라치면 소년은 넘어질지 모른다는 생각을 해본다.

소년은 푸성귀를 얼마큼 뜯어 걸음을 되돌렸다. 부엌에서 할머니의 기침 소리가 연속해서 났다. 단순한 감기로 보이지만 약을 쓰지 않아 꽤 오래간다는 생각에 소년은 근심스러워 푸성귀를 건네며 살갑게 말을 붙였다.

"여깄어! 할머니, 많이 아파?"

"오냐, 기침 땜에 기래. 배고프지? 밥 줄게. 내래 들어가."

"알았어. 근데 할머니 정말 괜찮아? 약 안 먹어도 돼?"

"이늠의 아새끼! 할미가 괜찮다는데도 원……."

할머니는 손자의 염려가 성가시던지 괜히 역정을 낸다. 흐릿한

호롱불로 불을 밝혀 밥상을 마주한 할머니와 손자는 시름한 분위기 속에서 묵묵히 수저를 놀린다. 하지만 밀기울이 태반인 보리밥에 된장국, 쌈으로 뜯어 온 약간의 푸성귀가 전부인 허술한 식사마저 온전히 끝낼 수가 없었다. 소년이 비운 밥그릇을 아쉬운 듯 들여다보다 밥상에서 물러날 즈음이었다. 귀에 섬뜩하니 와닿는 경적 소리와 함께 요란스레 내닫는 자동차의 질주음이 들려왔고, 곧 뭔가 된통 부딪치는 소리가 났다. 가까운 거리다. 열려진 방문으로 마당 정도는 보였지만 날이 어두워 맞은편 도로 쪽은 볼 수가 없었다. 예사롭지 않다는 예감이 소년의 머리를 스쳤다.

"할머니, 무슨 일이 났나 봐."

"글쎄다."

"암만해도 자동차 사고가 난 것 같아. 가 봐야겠어."

소년의 눈이 궁금증에서 반짝인다. 흡사 따분하고 적적하게 지낸 터라 일이 벌어지기를 기다렸다는 기색에 다름 아니다.

방을 나서는 소년의 등 뒤에서 할머니가 식사를 하다말고 혼잣말로 중얼댄다.

"내 그럴 줄 알았지비. 기렇게 달리는데 이태 사고가 안 난 게 이상도 하지."

할머니는 아예 사고가 난 것처럼 지레 단정을 짓는다.

"성우야! 이 아새끼가……. 날래 돌아오라우……."

소년은 벌써 집을 벗어나 어둠 속에 모습을 감추고 없었다.

여느 때와 달리 풀벌레 소리도 일지 않는다. '무슨 일이 일어난 게 틀림없어.' 소년은 사고가 났음직한 도로 쪽을 향해 귀를 세워 걸으며 여기저기 두루 살폈다. 그렇지만 이렇다 할 소리도 들리지 않고 특별히 눈길을 끌 만한 것도 눈에 띄지 않는다. 짙은 어둠이 아닌 데다 늘 걸음하는 곳이라 긴장을 추스르며 한달음에 도로에 올라섰다. 그때였다. 그다지 멀지 않은, 도로 아래 논바닥에서 웬 불빛이 비치고 있었다. 자동차의 불빛 같았다. '저기군!' 가슴이 쿵쿵 뛰었다. 걸음을 빨리해 그곳으로 향했다. 가서 보니 도로변의 미루나무 가로수가 비스듬히 넘어져 있고 뭔가 타는 듯한 매캐한 냄새가 주위에 떠돌고 있었다. 사고가 난 게 분명했다. 추측컨대 사고 차는 맞은편에서 달려오는 차를 피하려다 미루나무 가로수를 들이받고 도로 아래로 떨어지지 않았나 싶었다. 한쪽 헤드라이트가 켜진 채 뒤집혀 있는 차는 얼핏 봐선 군용 지프차 같았다. 겁이 덜컥 났지만 곧 이상하리만치 담대해졌다. 언덕을 내려가 사고 현장에 가까이 갔다. 차에서 흘러나온 연료 때문인지 기름 냄새가 진하게 풍겼다. 그리고 피비린내로 여겨지는 비위에 거슬리는 냄새도 뒤섞여 코끝을 스쳤다. 사람이 죽었을지 모른다는 생각에 무섬증이 쭉 끼쳤다. 차 안을 살펴보려다 포기하고 조금 떨어져서 주춤주춤 그 자리에 서성이었다. 차 안에 사람이 있는 것이 느껴졌지만 죽었는지 살았는지 짐작조차 할 수 없었다. 살펴보고 구해야 한다는 조바심에서 용기를 내 소리쳤다.

"그기 사람 없어요? 사람이 있으면 대답 좀 해요. 예, 사람 없어요?"

순간 차에서 무슨 소리가 났다. 서너 발짝 앞으로 내디뎠다. 그리고 조금 더 다가갔다. 겨우 달싹이는 소리였어도 확연하게 들을 수 있었다.

"아, 아……. 뉘 없소. 사람 죽갓서……."

'살아 있구나.'

"그기 사람 있어요?"

"나 좀 날래 꺼내주기오. 죽갓서요. 아! 아……."

하지만 소년은 혼자 힘으로 뒤집힌 차를 바로 세워 사람을 구해낸다는 것은 불가능한 일임을 깨달았다.

"금방 꺼내드릴게요. 잠시만 기다리세요."

내빼듯 몸을 돌렸다. 사람들을 불러와야겠다는 판단에서였다. 그리고 어디론가 힘껏 달렸다. 소년이 달려간 곳은 마을 이장 댁이었다.

소년을 앞세워 마을의 몇몇 사람들이 달려온 것은 얼마 후였다. 그들 주민에 의해 사고당한 사람이 구조되어 병원으로 옮겨졌다. 사고는 대충 수습되었다. 차엔 운전병인 군인과 최중대라는 민간인이 타고 있었는데, 운전을 했던 군인은 머리를 심하게 다쳐 이미 절명한 뒤였고, 함께 탔던 40대의 민간인 남자는 허리와 목을 심하게 다쳤지만 병원 의사의 말로는 생명에는 지장이 없다는 것이었다.

소년이 아니었으면 교통사고를 당해 꼼짝없이 죽었을지도 모를 최중대는 원근에 큰 산판을 여럿 가진 벌목업자였다. 재력가인 데다 묵호(동해시) 주재 방첩대장을 비롯한 인근 군부대 장교들과 친분을 터, 목재를 실어낼 때나 산판을 갈 양이면 군 차량을 이용하리만치 수완가이기도 했다. 사고를 당한 그날도 군 지프차에 탑승해 산판을 다녀오던 중에 차선을 무시하고 달려오는 차를 피하려다 참극이 벌어진 것이었다.

소년은 자리에 누웠지만 쉽게 잠들 수 없었다. 자신이 목격한 교통사고로 인한 흥분 때문이다. 한쪽에 누운 할머니는 고단한 일과를 접고 코를 가늘게 골며 잠에 빠져 있다. 잠이 오지 않는 이런 날이면 소년은 공상을 새롭게 전개한다. 하지만 변하지 않는 것이 있다. 무대가 해저라는 것과 언제나 미나와 함께라는 점이다. 소년은 자신만의 시간을 더욱 안밀하게 가지기 위해 모로 누워 벽과 마주했다. 자신이 설계하고 이룩한 공상의 나라로 출발하는 시간이다. 언제나처럼 친숙하게 맡아지는 습한 냄새가 장판지 틈새에서 솔솔 풍겨 몰입에 일조한다.

❀ ❀ ❀

햇살이 눈부신 청명한 날 오후, 소년은 철길을 걷다 큼직한 가방을 줍는다. 가방을 열어보니 온통 돈이다. 검은 거래를 위한 돈 가방이 어떤 연유로 철길에 떨어졌을 것이라는 생각도 잠시, 소년은 돈 가방을 들고 뛰다시피 걷는다. 읍내에서 제일 큰 고물상에 소년은 모습을 나타냈다. 자신이 필요로 하는 드럼통과 쇠붙이 각종 부속과 연장 등을 사기 위함이었다. 자신에게 소용 있는 모든 것들이 구해지고 소년은 흡족한 얼굴로 주인과의 흥정을 끝낸다. 자신의 집 뒤편 방치된 우사에 연구소를 차린 소년은 고물상에서 운반해 온 드럼통을 비롯한 온갖 기자재를 이용해 뭔가를 만들고자 한다. 옆에 흰 가운을 걸치고 소년을 도와주는 이가 있다. 정수리가 벗겨지고 검은 테 도수 안경을 쓴, 일견 과학자의 풍모를 지닌 노인네다. 그러나 아무렇게 뻗친 수염이나 해진 구두, 낡은 바지로 미뤄보아 어딘가 궁핍한 행색이다. 항상 난삽한 몰골로 술 취해 거리를 배회하던 이 노인을 눈여겨본 소년만은, 짐짓 행려자인 척하는 천재 과학자로 단정짓고 자신의 연구소에 채용한 것이다. 채용 조건은 매끼 고기 반찬을 곁들인 좋은 음식을 제공하고 술을 양껏 마시게 해주는 것이다. 노인을 박사님으로 부르는 소년은 노인과의 사이도 좋을 뿐 아니라 노인이 지닌 지식과 기술을 최고로 여길 만큼 노인에 대해 매우 만족스럽게 여긴다. 자신의 판단이 옳았다는 것이 자랑스러울 정도다. 소년이 궁극적으로 만들고자 하는 것은 바로 해저를 항행할 수 있는 잠수정이다.

작업은 차질 없이 진척된다. 넓게 편 드럼통 철판을 잇대 잠수정의 외부 몸통을 만든다. 추진력을 얻고자 폐선박에서 가져온 엔진을 단다. 잠망경도 부착하고 바다 속을 보기 위해 깨뜨리면 찐득하고 향긋한 냄새가 나는 이중 유리로 창을 낸다. 잠수용 물탱크도 있다. 역시 작은 드럼통 여러 개로 만든다. 침실을 갖춘, 서너 명 정도 승선할 수 있는 원통형 잠수정이 될 것이다. 모든 것이 순조롭다. 아무런 문제도 없다. 발명가인 나를 도와 무엇이든 척척 해결하는 천재 과학자가 있지 않은가. 일에 열중하다 보니 미나를 자주 볼 수 없는 것이 아쉽지만 그건 미래를 위해 감수해야 할 사소한 일이다. 미나와 나는 머지않아 내가 건설할 우리의 비밀 기지에서 왕과 왕비처럼 함께 살게 될 것이다. 미나가 내 곁에, 나의 분신 같은 잠수정에 미나와 단둘이 있다는 생각만으로도 나는 행복하다. 미나의 몸을 만질 수 있다는 사실에서 나는 전율을 느낀다. 한층 더 작업을 열심히 해서 빠른 시일 내 잠수정을 완성해야 한다. 여러 번의 실패와 사소한 시행착오가 있을지라도 그건 잠수정의 완성도를 높이기 위해 반드시 겪어야 할 불가피한 일이다.

잠수정이 거의 만들어짐에 따라 실험과 점검을 위해 연구소를 우사에서 마을 저수지 옆으로 옮겼다. 검은 천막으로 둘러친 가설 연구소다. 완성을 눈앞에 둔 잠수정도 실어 왔다. 연구소와 잠수정을 지킬 경비원을 한 명 두었다. 경비원은 평상시엔 내 일을 돕는 조수 역할까지 해야 한다. 그는 내 반 친구 코 찔찔이 만식이다. 오래전 나에게 굴복당해 고분고분 구는 만식이는 푼수처럼 착하다. 나는 그 점을 높이 사 그를 경비 겸 조수로 임명했다. 경비를 맡은 그에게 대가로 지급되는 것은 돈이 아니라 5원짜리 강냉이 엿 두 개다. 그리고 그가 임무에 충실하고 지금처럼 내게 순종적이라면 그도 내가 이룩할 해저 기지에서 호의호식 영화를 누리며 살 것이다. 물론 나의 시종으로서 말이다. 그에게도 마음대로 데리고 놀 두 명 정도의 여자애를 붙여줄 것이다. 그가 좋아하는 참기름집 딸 순자를 포함해서 말이다. 그땐 먹는 것을 작작 탐하고 코도 그만 흘렸으면 좋겠다.

잠수정의 최종 완성을 위한 궁리와 보완 작업은 계속된다. 잠수할 땐 물탱크를 열어 물을 채우면 되지만 떠오를 때가 문제다. 그렇다! 분무기식으로 밀판에 고무 패킹을 붙여 탱크 내의 물을 강제로 밀어내 입구를 막으면 될 것이다. 그리고 잠수정 전면에 어두운 해저를 밝힐 수 있는 라이트를 부착해야 하고 잠수정을 방어하기 위한 수단으로 발사구를 만들어 어뢰를 쏠 수 있어야 한다. 우측 발사구에서는 강력한 쇠부스러기탄이 발사되게끔 할 것이고 좌측 발사구는 밧줄이 달린 큰 작살을 물체를 향해 날릴 것이다. 작살총은 이따금 식용으로 쓸 고래나 큰 물고기를 잡는 데도 사용될 테니 유용한 무기인 셈이다.

아! 아! 모든 작업이 완료됐다. 저수지에 띄운 잠수정이 모든 실험을 성공적으로 마쳐 해저로 향한 여행에 나서게 되다니……. 해저여행, 생각만으로도 마음이 들뜨는구나. 이제 남은 것은 오직 하나, 나의 일생일대의 사업이 될 비밀기지 해저왕국 건설이다. 분발하고 분발하자. 아직도 돈은 많이 남아 있고 시간도 여유롭다.

소년의 공상은 다음 날 밤에도 쭉 이어졌다.

오늘은 미나와 함께 해저에 있는 비밀기지로 가는 날이다. 미나가 오늘따라 새침하다. 내가 옆 반 예쁜 여학생하고 얘기하는 모습을 본 모양이다. 미나도 질투할 때가 있다니 이거야 원! 다 이유가 있어서 여학생들과 얘기하는데……. 미나가 그걸 알 리 만무하다. 비밀기지에서 일할 사람이 필요해서이다. 음식을 만들고, 청소와 빨래, 왕과 왕비에 버금한 나와 미나의 시중을 누가 들어주겠나? 바로 여자들이다. '적게 뽑더라도 키 크고 예쁜 소녀들로 고르자. 엉덩이가 도톰하고 가슴이 나온 여자애라면 더욱 좋고. 꽁보리밥도 제대로 먹지 못하는 때에 말랑한 식빵과 우유, 바나나를 마음껏 먹을 수 있다고 한다면 아마 서로 데려가 달라고 아우성을 칠 테지……. 홋홋. 게다가 공부는 안 해도 되고. 가끔 잘생긴 남자애들 몇 명 데려와 함께 놀게 해준다면 자지러지게 좋아할 거야. 신민을 통치하기 위한 왕의 수단인 줄 모르고 나에 대한 우러름이 지극하겠지.'

잠수정을 숨겨둔 송정 절벽 해안에서 박사님과 만식이의 배웅을 받으며 미나와 단둘이 잠수정에 승선한다. 선장인 내가 가고자 하는 목적지는 이미 익숙해진 항로다. 해저는 언제 보아도 싫증 나지 않는 별천지다. 유영하는 은빛 고기 떼, 여자의 풀어헤친 머리칼처럼 출렁이는 녹색의 해조류, 붉은 산호와 알록달록한 말미잘들, 칙칙한 색깔의 불가사리, 바위에 다닥다닥 모여 지나가는 고기 떼를 쳐다보는 검은 홍합과 삿갓조개들. 입 크고 눈알이 튀어 나온 큰 물고기 한 마리가 다가와 창에 부딪친다. 설령 고래가 와서 부딪친다 해도 잠수정은 튼튼하게 만들어져 안심이다. 작살총을 발사하려다가 그만뒀다. '너 멍청한 고기, 운 좋은 줄 알아라.' 목적지인 거북바위가 보인다. 거북바위 밑엔 숨겨진 동굴이 있다. 그 해저동굴로 해서 얼마쯤 들어가면 거대한 바위벽에 둘러싸인 뭍에 다다르고 그곳이 나의 비밀기지인 왕국이다. 해저와 연결된 이런 천혜의 비밀 장소를 발견하기 위해 그 얼마나 바다 밑을 헤매었던가. 오직 해저동굴을 통하여야만 갈 수 있는 비밀기지는 사실은 섬이다. 천장을 쳐다보면 하늘이 마치 큰 쟁반처럼 보인다. 입구가 좁은 거대한 옹기를 상상하면 된다. 물론 햇살이 들어 어둡지 않다.

잠수정을 계류장에 정박시키고 미나와 함께 내렸다. 발에 밟히는 하얀 모래의 감촉이 좋다. 궁전 공사가 한창이다. 채 완공되지 못한 미완의 궁전이어도 보는 것만으로도 마냥 가슴이 설레고 뿌듯함을 느낀다. 나날이 윤곽이 드러나 머지않아 다 지어지리라. 나는 그때를 손꼽아 기다린다. 미나와 함께 즐겁게 밤낮없이 머물 수 있기 때문이다. 인부들의 우두머리인 박씨 아저씨가 궁전을 짓느라 여전히 분주한 모습이다. 인부들도 열심이다. 다 까닭이 있다. 노임을 두 배로 줄 뿐 아니라 먹는 음식도 흰 쌀밥에 고기 반찬 위주로 푸짐히 주기 때문이다. 기지가 완공되면 이곳을 기억하지 못하도록 모두에게 망각의 약을 먹여 육지로 내보낼 것이다. 망각의 약은 박사님이 지금 만들고 있다. 기지 건설은 곧 궁전을 짓는 일이다. 내가 즐겨 읽는 만화책에 그려진 두 개의 뾰족탑과 둥근 지붕을 한 궁전과 똑같이 짓는다. 연회장과 수영장도 있고 지하엔 통로가 미로처럼 되리만치 방도 즐비할 것이다. 경험 많은 목수인 박씨 아저씨는 빈틈이 없다. 전에 커다란 기와집을 짓는 것을 본 적이 있는데 정말 단 한 번의 실수 없이 능숙한 솜씨로 나무를 다루는 것이었다. 박씨 아저씨는 또 힘이 장사다. 나이 든 늙은 아저씨이긴 해도 동네 팔씨름에선 아저씨를 당해낼 사람이 없다. 아저씨의 부인은 서울 여자인데 깔끔하고 싹싹할 뿐 아니라 음식 솜씨가 매우 좋다. 특히 아주머니가 만든 감자 부침개는 맛이 기가 막힌다. 아주머닌 나에게 유독 인정을 베풀어 남보다 큰 부침개를 주신다. 나도 그 보답으로 궁전을 짓는 일을 박씨 아저씨에게 맡긴 것이 아닌가. 사람은 서로 상부상조하며 살아야 한다.

소년의 공상은 매일 밤 계속된다.

**죽음의 복**

나에게 때가 있었고 있을 것이다.
전자는 태어났을 때이고
후자는 도래할 죽을 때이다.

태어날 땐 내 의지와 무관하였지만
죽을 땐 내 의지대로 되었으면 한다.
살아 있기가 너무 힘들고 고통스러울 때
나는 죽기를 원한다.

그리고 나의 갈구에 부응해 그때가 왔다면
나는 이렇게 외치리라
오! 반가운 때여 이 얼마나 기다렸던가
어서 빨리 나의 고통을 잠재워 나를 편안케 하여다오.

그러나 죽음의 때는 나의 갈구를 번번이 헛되이 했다.
나의 탄식과 나의 연민을 외면한 채.

인생은 교활한 반전,
세월이 흘러 인내자의 고통과 괴로움이 사라지고
즐거운 날이 계속될 때
어느 날 죽음이 느닷없이 찾아와 내게 때를 통보한다면
나는 이렇게 외치리라
저주받을 죽음이여 왜 내 의지와 상관없이 덜컥 내게 왔느뇨
이 무례하고 분별없는 때여
인간은 함부로 능멸해도 될 정말 하찮은 존재란 말인가.

그렇다

황당함을 이해하고 분함을 삭혀라

운명 앞에선 하잘것없는 인간 나부랭이의 절규는

가지를 스치는 한낱 바람과 같고,

천둥에 맞서고자 하는 풀벌레의 울음처럼 가소로울 뿐이다.

너희에게 돈, 명예, 쾌락이라는 불변의 가치가 있다면

우리 운명의 최고 미덕은 제멋대로, 불시에, 타협 없는 강제력이다.

인간은 의지를 강조하지만

누굴 탓하랴 때의 집행은 신의 소관인 것을

죽음마저도 태어남처럼 모른 척 순종함이 자연의 섭리인 것을,

어쩌랴 죽어야 할 그 때에 당장 죽는

복중의 복, 만유의 으뜸인 죽음의 복은

누구의 호소에도 응하는 함부로 행사되는 천행이 아닌 것을.

어느 인부가 썼음직한 바위벽의 낙서가 이해되지는 않아도 그럴듯해 궁전 준공 기념 머릿돌 후면에 옮겨 새겼다. 글귀를 발견한 박사님이 인부들 중에 시인연하는 자가 있어 궁전을 짓는 기념으로 썼을지 모른다며 머릿돌에 적을 것을 권유했기 때문이다. 이로 인해 머릿돌이 가로로 누운 비석처럼 모양새가 이상해졌지만.

기다리고 기다리던 궁전이 다 지어졌다. 웅장하고 아름답다. 왕이 살 곳이니 이 정도는 돼야 한다. 인부들은 이미 돌아갔다. 하지만 그들은 모른다. 음식에 망각의 약이 들어 있었음을, 유쾌히 굴며 마지막 식사를 하던 인부들의 모습이 눈에 선하다.

나는 지금 궁전에서 위엄 있는 왕으로서 즐거운 나날을 보낸다. 왕이 좋은 점은 마음대로 할 수 있다는 것이다. 매일 밤 발가벗은 미나의 몸을 마음대로 만지며 함께 침소에 들지만 좀 더 색다르고 자극적인 놀이를 하고 싶다. 궁전에는 나에게 절대 순종하는 수십 명의 소녀들이 있다. 그것도 단 한 명, 좀 덜 떨어진 듯한 만식이의 여자 친구 순자를 제외하곤 모두 하나같이 예쁘기 짝이 없다. 소녀들 중에는 우두머리가 있다. 예쁘기도 하지만 키와 몸집이 제일 크고 나와 고샅받기(레슬링)를 해도 지지 않는 힘이 센 소녀다. 영현이라고 하는데 물론 나와 같은 학년이고 우리 학교생이다. 나는 그 애를 불러 뭔가를 지시할 것이다. 오늘 저녁엔 색다른 놀이를 할 예정이기 때문이다. 그 놀이, 생각만으로도 가슴이 두근 거린다. 그 놀이에 참여하는 소녀들에게 뭔가 특별한 보상을 할 것이다. 그 보상은 파인애플이다. 왕인 나를 제외하곤 왕비인 미나조차도 어쩌다 맛보는 파인애플은 매우 귀한 열대 과일이다. 그들이 파인애플을 먹다 너무 맛있어 기절을 해도 그건 내 책임이 아니다. 우리 또래의 사내아이들이 즐겨하는 놀이가 있다. 말뚝박기, 탐정놀이 또는 칼싸움, 그리고 털 검사다. 털 검사란, 친한 친구끼리 모여 다 함께 팬티를 내리고

서 사타구니 불두덩에 털이 났나 안 났나를 살펴보고 났으면 누가 많이, 또 몇 개 났나 비교하는 놀이다. 그런 놀이를 여자애들도 하는지 모르겠지만, 오늘 그 놀이를 할 생각이다. 미나의 주요 부위를 매일 만지고 보고 해서 미나 또래 여자애의 그곳이 어떻게 생겼고 감촉이 어떤지, 어떤 역할을 하는지, 또 크기가 얼마인지 대충은 짐작할 수 있다. 하지만 다른 여자애들의 그곳을 보고 싶다. 나는 왕이기 때문에 궁전에 있는 모든 여자애들의 발가벗은 몸과 그곳을 볼 권리가 있다. 그들에게는 보여줘야 할 의무만 있을 뿐이다. 미나도 처음엔 부끄러워서인지 몸을 도사리기 일쑤였지만 이젠 마음대로 만지게 하고 그 이상 요구해도 거부하지 않는다. 불복종은 단연코 왕국에서의 추방이다.

영현이를 위시한 소녀들이 손에 쥔 재복조개 껍질인 조가비로 그곳만 가린 발가벗은 몸으로 궁전의 뜰에 서 있다. 조가비로 가리고 있는 것은 오직 나에게만 보여주기 위해서다. 여자의 몸은 흰 줄만 알았는데 흰 가운데서도 서로 비교될 정도로 약간 붉기도 하고, 누렇기도 하고, 검기도 하고, 매우 희기도 한 제각각이다. 내 지시가 있자 영현이가 명령한다. 모두는 당연한 표정으로 내가 잘 볼 수 있도록 몸을 돌려 단처럼 생긴 곳에 무릎 꿇고 엎드리고서 엉덩이를 위로 쳐든다. 나는 자세히 보고자 계단을 내려간다. 엉덩이만 두드러지게 보여서인지 옷 입은 상태에서 보는 것과 달리 벗은 엉덩이는 생각 외로 크게 보이고 무게감이 느껴진다. 나는 여자애들의 엉덩이를 일일이 살펴보는 한편 만져도 본다. 어떤 여자애는 내가 가까이 가면 내 마음에 들어 선택받기 위해서 엉덩이를 한껏 쳐들어 보인다. 또다시 내 지시에 의한 영현이의 명령이 있자 여자애들은 그 자리에서 천장을 보며 벌러덩 눕는다. 모두가 일사불란하다. 그리고 무릎을 세워 벌리고선 엉덩이를 높이 든다. 내가 그곳을 잘 볼 수 있도록 함이다. 이제 왕인 내가 털 검사를 할 차례다. 나는 마른침을 꿀꺽 삼키고서 흥분된 마음으로 열 지어 쳐든 여자애들의 그곳을 들여다본다. 그곳 역시도 모양과 구조는 엇비슷해도 사람에 따라 크고 작고, 납작하고 두툼하고, 위로 붙고 아래로 처지고, 벌어지고 붙고, 튀어나오고, 감춰져 있고, 붉고, 검고, 희고 등등 모두 유달랐다. 그렇지만 나는 어떻게 생긴 것이 잘생기고 좋은 것인지 식별할 수 없다. 불현듯 내 친구 길수 삼촌이 생각난다. 이럴 때 벗거지기(대머리) 길수 삼촌이 있었으면 좋으련만. 길수 삼촌은 대처로 떠돌며 잡화 장사를 하는 사람인데, 길수 삼촌이 집을 비우기라도 하는 날이면 길수와 나는 득달같이 삼촌 방을 들이친다. 삼촌 방에 수두룩한 요상한 책과 여자 나체 사진들로 꾸며진 잡지를 보기 위해서다. 내가 이렇듯 형편없고 저질스런 취미를 갖게 된 것은 전적으로 길수 삼촌의 요상한 책과 여자 나체 사진 때문이다. 지금 와서 누굴 원망하랴. 털 검사를 하고자 내밀 듯 쳐들고 있는 여자애들의 그곳을 들여다보며 지나가다 나는 순자 앞에서 걸음을 멈춰야만 했다. 순자의 갈라진 둔덕이 너무 못생긴 데다 투실한 둔덕에 허연 뭔가 끼여 있어서였다. 게다가 상큼

달콤한 치자꽃 냄새가 나는 여타 여자애들과 달리 소금에 절인 오징어 냄새와도 같은 유쾌하지 못한 냄새까지 풍긴다. 나는 영현이에게 살펴볼 것을 지시했다. 순자의 둔덕을 살펴본 영현이가 곧 내게 말해주었다. 둔덕을 씻지 않아 생긴 백태라고. 나는 어이가 없었다. 순자는 때가 낄 만치 둔덕을 씻지 않는단 말인가. 정말 생긴 대로 놀고 미운 애는 미운 짓만 골라 한다더니……. 만식이만 아니면 당장 왕국에서 추방하는 건데. 밥은 또 엔간히 축내야지. 만식이와 둘이서 먹어대는 양은 족히 다섯 명 분은 될 거야. 아무튼 털 검사는 이쯤에서 끝내자. 거뭇거뭇한 정도의 여린 털이 난 여자애가 두엇 명이고 그 나머지는 모두 백판이다. 백판들은 한시바삐 털이 나도록 신경을 써야 할 것 같다. 이 일은 영현이에게 맡기자. 어른이 되는 걸 싫어할 애들은 없으니까. 아! 아! 어른, 상상만 해도 즐겁다. 그때가 어서 오기를 손꼽아 기다린다.

병오년(1966) 어느 가을날, 한 중년의 남녀가 소년의 집을 찾았다. 남자는 몸이 성치 않은지 휠체어를 탄 채였다. 몇 달 전 소년의 집 앞 도로에서 교통사고를 당한 최중대였다. 그가 자신의 생명을 구해준 소년에게 인사차 부인과 함께 소년을 찾은 것이다. 그들 내외를 맞은 소년과 할머니는 처음엔 서먹한 눈치였으나 곧 반갑고 기쁜 표정을 지어댔다. 이북을 고향으로 둔 같은 처지의 실향민인 데다 성이 같았고 또 최중대가 고마움의 표시로 얼마간의 돈을 내놓았기 때문이었다. 그는 소년 덕분에 살았음을 굳게 믿는 모양인지 소년과 소년의 할머니에게 연신 감사의 말을 건넸다. 그리고 최중대는 돌아갈 때 자신의 집주소를 소년에게 알려주며 어려운 일이 생기면 찾아올 것을 당부했다.

이듬해 8월, 예년에 볼 수 없던 무더위가 기승을 부렸다. 건강이 좋지 않던 소년의 할머니가 어판장 일을 하고 오다 그만 일사병으로 쓰러져 갑작스럽게 세상을 떠나고 말았다. 그렇잖아도 중학교에 진학하지 못한 소년은 하릴없이 거리를 쏘다니며 수레에 실린 과일을 슬쩍하거나 말리기 위해 덕장에 걸어둔 명태를 훔치는 등 나쁜 손버릇을 키우고 있었는데, 할머니가 죽고서 외톨이가 된 후로는 점점 더 훔치는 횟수가 잦아지고 규모도 커졌다. 결국 그는 남의 자전거를 훔치다 주인에게 잡혀 경찰에 넘겨졌고 경찰의 조사 과정에서 소년이 어쩌다 최중대를 들먹인 것이 최중대가 소년의 연고자로 얽어든 계기가 되고 말았다. 경찰의 연락을 받고 나타난 최중대는 소년을 외면치 않고 좋은 얼굴과 따뜻한 말로 소년을 안심시켰다. 보호자연하는 최중대의 개입은 소년에게 있어선 구세주와 다름없는 희망, 그 자체였다. 최중대는 소년을 실망시키지 않았다. 최중대는 보란 듯 경찰을 상대로 수완을 발휘해 소년의 절도 행각을 배고픔 때문에 저지른 우발적이고 사소한 일로 처리되게끔 했다. 소년은 선처한다는 차원에서 어떤 처벌도 받지 않고 경찰에서 풀려날 수 있었다.

할머니가 죽은 지 두 달여 만의 일이었다.

그날 이후로 의지할 곳 없던 소년은 최중대의 집에 들어가 살게 되었다. 최중대가 실질적인 후견인이 된 셈이다. 소년이 옴으로써 내심 기뻐한 사람은 최중대의 부인이었다. 고아나 다름없는 가엾은 아이를 거둔다는 자비심이나 인정과는 사뭇 다른, 딸만 둘인 집안에 장차 양자를 삼을 수 있다는 기대 때문이었다. 자매를 낳은 후 남아를 간절히 바랐지만 아이가 생기지 않아 조바심하던 중에, 설상가상으로 남편인 최중대가 교통사고로 허리를 다쳐 더 이상 아이를 가질 수 없다는 판단에서 그런 기대를 하게 된 것이다. 더욱이 소년의 성이 남편과 같은 최씨라는 것과 소년이 영특해 보인다는 점에 부인의 만족감은 더했다. 세 살 터울의 자매 중 큰딸이 소년보다 두 살 위였고 작은딸은 소년보다 한 살 아래였다.

얼마 후 최중대는 허리를 쓰지 못하는 불구로 인해 산판업을 더 이상 할 수 없게 돼 사업을 모두 정리한 뒤 서울로 이사를 하기에 이르렀다. 서울은 최중대에 있어서 생소한 곳이 아니었다. 묵호(동해시)에 와서 살기 전 줄곧 서울에서 살았기 때문이다. 이사할 때 최중대의 친구인 김종갑도 함께 했다. 그는 최중대가 1 · 4후퇴 시 알게 된 사람이었는데 이후 최중대 곁을 맴돌며 한 번도 최중대의 그늘에서 벗어나질 않았다. 이렇다 할 기술이나 재주가 없는 김종갑은 공사장이나 어판장 등을 기웃거리며 일감을 찾아 호구를 잇는, 일테면 하루벌이 노동자라고도 할 수 있었다. 그렇지만 머리에 든 것이 많은 까닭에 노동자들 사이에서 유식자로 치부되었다. 자신의 신상에 대해 극도로 말을 아끼는 그가, 자신의 말이긴 해도, 일본에서 고등교육을 받았다는 것이 신빙성이 있을 정도로 그는 다방면에 걸쳐 박식했고 또 논리적이었다. 그가 어려울 때 가끔 힘이 되어주는 최중대가 자신의 일을 봐주면서 편하게 살아라 해도 구속받기보단 자유롭게 사는 것이 좋다면서 한사코 최중대의 호의를 뿌리쳤다. 그는 사십을 넘겼는데도 여태껏 독신이었다. 독신으로 사는 이유는 자신의 꿈을 이루기 위해서라고 했다. 그의 꿈은 종교를 창시해 교주가 되는 것이다. 이따금 술이라도 한잔 걸치는 날이면 최중대에게 불을 신성시하는 배화교(조로아스터교)가 어떻고, 이슬람교의 알 바카라(코란의 암소의 장)가 어떠니 하면서, 지금 시대에 종교를 하나 만들면 크게 성공할 수 있을 거라며 은근히 부추기곤 했다.

그와 이야기를 오래 나누다 보면 그가 염세적이고 선험적인 주관을 지닌, 현실과는 동떨어진 사람이란 걸 깨달을 정도로 별난 구석이 있었다. 특히 그는 인간은 우주에 있어서 필요 불급한 존재일 뿐만 아니라 해만 끼치기에 마땅히 청산당해야 한다는 주장을 펴거나 인간에게 있어서 복은 뭐니 뭐니 해도 죽음의 복 이상 없다며 나름의 견해를 즐겨 운운했다. 결론적으로 말하면, 세상에 대한 그의 시각은 부정적이었고 인간의 가치를 하찮은 동물보다 못하게, 매우 냉소적으로 본다는 사실이다.

최중대는 김종갑이 따라옴을 언제나 그랬지 않느냐는 듯 의당한 일로 여기며 별스레 신경 쓰지 않았다. 그러한 까닭은 김종갑이 자신에게 짐이 되거나 해를 끼치지 않을 사람이라는 걸 누구보다 잘 알고 있었기 때문이다. 일면 막연하긴 해도 그가 언제 소용될 때가 있을지 모른다는 기대도 함께 지니고 있어서였다. 이사할 당시 최중대의 집에 들어와 사는 소년의 신상에 변동이 생겼다. 소년이 최중대의 호적에 올라 합법적으로 최중대의 아들이 되었기 때문이다. 최중대가 호적 담당 공무원을 금전으로 매수해 꾸민 일이었지만 그 이면에는 최중대 부인의 간청이 크게 작용했다. 물론 그 역시 소년을 아들로 삼는 양자 문제를 생각 안 해본 것은 아니었다. 시간을 두고 천천히 결정하기로 하였으나 부인이 하도 졸라대는 바람에 종내 결단을 내려 일을 성사시켰다.

소년을 정식으로 가족의 구성원으로 받아들이는 것에 대해 작은딸(은영)이 못내 달가워하지 않았다. 막무가내로 싫다는 이유에서였다. 그 때문인지 소년을 친동생인 양 스스럼없이 대하는 큰딸(순영)과는 달리 작은딸은 오빠가 되는 소년을 흡사 혐오스런 거지를 대하듯 멸시하거나 구박하기 일쑤였다. 이에 대해 최중대 부부는 소년에 대해 기울이는 자신들의 관심을 시샘하는 것이라 여기고 대수롭지 않게 여겼다. 혹 지나치다 싶을 만큼 소년을 심하게 대할 시엔 부인은 작은딸을 호되게 나무라기까지 했다. 소년에게는 서울에 가면 학교를 다녀야 하기 때문에 부득이 호적에 올렸음을 양해하라며 사후

동의를 받아냈다. 잠수정과 해저에 한정됐던 몽상가 최성우에겐 어쩌면 넓은 세상을 나아가는 참으로 흔치 않은 호기인지 모른다. 이러한 타의적이기조 차한 불가피한 선택이 행일지 불행일지는 후일 인생의 뒤안길이나 죽음의 문턱에서 그가 판단할 몫일 테지만. 그러나 삶은 반전이 교차하는 변화무쌍한 여정이지 않은가. 서광의 미래이든 고난의 서곡이든 운명은 시작하는 사람의 것일 테니…….

서울로 가는 날, 겨울답지 않게 비가 내렸다. 질척하고 을씨년스런 날씨로 고향은 그를 떠나보냈다. 성우는 자신이 태어나 십수 년을 산 고향을 떠나는데도 슬퍼하는 기색이 아니었다. 그렇다고 들뜬 표정도 아니었다. 그냥 물끄럼한 얼굴로 스쳐가는 차창 밖에 눈길을 준 채 잠시 세상을 떠난 할머니를 생각했을 뿐 머릿속은 저 쌀쌀맞은 작은딸과 어떻게 하면 원만히 지낼 수 있을까 하는 생각으로 골몰해 있었다. 기차에 오르기 전에도 작은딸이 자신의 몸에 닿았다는 어처구니없는 이유로 욕을 하는 통에 치미는 화를 억지로 참지 않았는가. 하지만 이렇다 할 해결책이 떠오르지 않아 가만히 한숨을 내쉬었다. 그리고 암울함에서 파생한 상념이 엉뚱하니 비약했다. 어릴 적 자기를 버리고 간 희미한 기억으로 남은, 날 낳은 어머니도 소녀적 저 밉살스런 은영이와 같지 않았을까 하는 추측이었다. 그에게 있어서 막연한 그리움의 대상이었던 생모가 미움의 대상으로 바뀐 건 할머니가 죽은 직후였다. 자신은 버려졌고 홀로라는 자각이 종내 원망의 마음으로 기울게 했다. 삶의 고달픔과 외로움에서 오는 성숙의 증좌일 테지만 삶의 힘듦을 뼈저리게 겪고 연륜이 쌓일수록 생모에 대한 미운 마음은 한층 더하리라.

내리던 비가 언제부터인가 눈으로 변했다. 산곡에 들어선 기차가 터널 앞에서 긴 기적을 울렸다. 풍경이 사라지고 짙은 어둠이 닥쳐왔다. 객실의 불빛으로 말미암아 차창에 어리는 자신의 모습을 본 소년은 잠시나마 안유한 마음이 들었다. '그래, 어둠은 나를 편케 해주는구나. 어둠이 내게 맞아. 나는 어둠 속에서 살아야 할까 봐.' 기차가 긴 터널을 벗어나자 눈발이 흩날리는 바깥이 펼쳐졌다. 바람이 부나 보다. 김이 서린 뿌연 차창을 닦자 거친 바위와 듬성한 잡목, 메마른 풀들이 뒤엉킨 황막한 기슭과 추수가 끝난 스산한 들판이 시야에 들어왔다. 그리고 추루한 느낌이 드는 철로변의 몇몇 집들과 멀리 적요의 바다가 이어서 나타났다 멀어져갔다.

기차가 삼각형의 붉은 지붕이 이채로운 한 양식풍의 역사에 닿았다. 국방색 누비 방한복이나 쥐색 털외투 등으로 두텁게 차려입은 사람들이 저마다의 짐 보따리를 갖고 꾸역꾸역 객실로 들어왔다. 그 사람들이 묻혀 온, 매캐한 기차 냄새와, 삶의 냄새인 퀴퀴한 체취와 더불어 〈대머리 총각〉 〈코스모스 피어 있는……〉 등의 유행가도 함께 흘러들었다. 요사이 한창 불리는 노래들이다. 어찌 보면 기차에 탄 사람 중 행여 시름에 잠기거나 슬픔에 겨워하는 이가 있을세라 역두의 스피커가 신명을 떠는 게 아닌가 싶었다.

여기저기 남아 있던 빈자리가 새로운 승객들로 채워지자 최성우는 김종갑과 합석을 했다. 곁가지와 주변인이라는 동병상련의 교감이 있어서인지 김종갑은 최성우를 처음 보는 순간부터 남다른 친밀감으로 대했고, 내성적이고 의기소침한 소년도 김종갑에게는 어쩐 일인지 곧잘 속내를 열어 보였다. 둘은 의미 없는 눈길을 주고받다 무료한 표정으로 제각기 상념에 빠져들었다. 정미년(1967) 어느 겨울, 서울에 대한 기대감에서 떠들썩한 한 가족을 저만치에 두고 교주를 꿈꾸는 40대의 염세주의자와 음충한 몽상가인 소년을 태운 동해선 열차는 여전한 눈보라 속을 내닫고 있었다.

# 2

잔양이 슬몃한 해거름, 열정적으로 들리는 〈오 솔레미오〉 노랫소리가 바람결에 실려 골목에 떠돌고 있다. 미성의 남자가 부르는 맑고 아름다운 노래이다. 노랫소리에 매료된 웬 소년이 노래의 진원지인 공터 옆의 한 2층 슬래브 집을 올려다보며 장승마냥 서 있다. 노래는 푸치니의 〈오 사랑하는 나의 아버지〉로 이어졌다.

한참을 움쩍 않던 소년이 무슨 생각에서인지 그 집 대문으로 다가갔다. 잠시 머뭇거리다가 소년은 대문을 두드리며 낮게 소리쳤다.

"누구 없어요? 아무도 안 계세요?"

아무런 응답이 없자 몇 차례 더 소리치며 대문을 두드렸다. 그때 현관에서 누군가가 나와 대문을 열고 모습을 보였다. 푸른 셔츠와 노란 반바지 차림의 서글서글한 인상을 지닌 중년 부인이었다.

"얘야, 무슨 일인데?"

"저어……."

"어서, 말해봐."

"저, 사실은 노래 때문인데요."

"노래? 오, 그래. 우리 아들이 불렀을 거야. 소란스러워서 그렇지?"

"아니요. 노래를 배우고 싶어서요. 노랫소리가 너무 좋아요."

"그럼, 노래를 배우고 싶어서 찾아왔다는 말이지?"

"예."

"학생이냐?"

"예, 중2예요."

"중2치곤 덩치가 어른인데."

자신을 빤히 쳐다보는 소년의 해맑은 얼굴이 자못 진지해 보였다.

부인의 얼굴에 순간 당혹감이 어렸으나 곧 눈웃음을 지었다. 소년의 청을 들어준다는 표시였다.

"그래. 이렇게 찾아왔으니 들어와. 암튼 내가 만나게 해줄게."

부인의 허락이 있자 소년은 집 안으로 들어갔다.

"우리 아들은 대학에서 성악을 전공했어. 테너야. 그래서 시간이 나면 목청을 다듬기 위해 2층 연습실에서 노랠 하는 거야. 그런데 어쩌지, 지금 휴가 중이라서 네게 가르칠 틈이 있는지 모르겠어."

아래층 거실로 해서 2층과 연결된 나무계단을 오르다 말고 혼잣말처럼 하던 중년 부인이 뒤돌아보며 말을 걸었다.

"그러고 보니 너를 어디선가 본 것도 같구나. 너 이 동네에 사니?"

"아니요, 조금 멀어요. 두 정거장 지나서요. 청하문화원 뒤편에 사는데요. 2층 벽돌집이에요. 집 안에 나무가 심어져 있고요."

"너, 부잣집 애구나. 그럼 여기는 무슨 일로 왔지?"

"친구 만나러 왔어요. 가끔 와요."

대답은 스스럼없었지만 거짓말이었다.

"그랬었구나. 그런데 얘야, 집에 돌아가면 목욕부터 해야겠어. 몸에서 쉰내가 나."

노래가 그친 2층에 적적함이 감돌고 있었다. 어둑함 속에서 목재가 머금은 습한 냄새가 여기저기서 맡아졌다.

노래 연습실로 사용한다는 방의 문은 조금 열린 채였다. 홀처럼 큰 방엔 간이 의자 몇 개와 피아노만 덩그러니 한쪽에 놓여 있을 뿐 텅 빈 듯 보였다. 커튼이 쳐진 창가에서 짙은 음영처럼 서 있던 청년이 의아해하며 이쪽으로 다가왔다. 큰 키에 희고 우수에 어린 얼굴, 잘생겼다는 느낌도 잠시 짧게 깎은 머리를 보니 군인 같다는 생각이 앞서의 느낌을 지웠다.

"어머니, 무슨 일이에요? 얘는 누구예요?

"응, 나도 잘 몰라. 노래를 배우겠다며 찾아온 학생이야. 얘야, 들어가자꾸나."

소년은 청년에게 머리를 꾸벅 숙였다. 청년은 소년을 피아노 쪽으로 이끌었다.

"이리 와봐. 노래를 배우겠다고 했다는데, 너 노래 좋아해?"

"네."

소년의 기어드는 대답을 듣자 청년은 소년에게 제의하듯 말했다.

"그래, 좋아. 지금 내가 휴가 중이라서 시간 내기가 힘들지만. 까짓것, 네가 노래에 소질이 있다면 남은 휴가 기간을 몽땅 네게 할애하겠어. 노래를 배워주겠다는 뜻이야. 어디 노래를 한번 불러볼 테야?"

소년은 자신이 없는지 대답이 쉽게 나오지 않았다.

"아까 노랠 배우겠다고 대문을 두드린 용기는 다 어디 갔어? 한번 불러봐. 어서!"

부인의 은근한 강요에 소년이 반응했다.

"알았어요. 할게요."

그렇지만 여전히 주뼛거렸다.

"아무 노래라도 상관없어. 우릴 의식치 말고 그냥 편안한 마음으로 불러봐."

"아무 노래라면……."

소극적이던 소년이 노래를 시작했다. 어색한 탓인지 음정이 불안정했고 소리도 기어들었다.

……사랑이라면 하지 말 것을,

처음 그 순간 만나던 날부터

괴로운 시련 끊일 줄 몰라.

가슴 깊은 곳에 참았던 눈물이 야윈…….

"애는, 엉뚱하긴. 그런 칙칙한 유행가 말고 다른 노래를 해봐."

유행가에 질색하는 부인의 말에 소년은 중도에 노래를 그만뒀다.

겸연쩍어서 발밑을 내려다보는 소년에게 청년이 부드럽게 달랬다.

"그래, 어머니 말씀대로 유행가 말고 학교에서 배운 노랠 불러봐. 나도 함께 불러줄게."

소년은 내키지 않았지만 청년이 노래를 같이 하겠다는 말에 마음이 움직였다. 전과는 달리 노래가 그런대로 불러졌다. 〈아 목동아〉였는데 유행가를 부를 때완 사뭇 다른 안정감을 보였다. 청년이 허밍조로 같이 불렀기 때문이었다. 둘은 거푸 노래를 했다. 〈켄터키 옛집〉, 〈스와니강〉 등으로 이어졌는데 계속 부르다 보니 어우러져 화음을 이루었다. 소년의 얼굴이 상기되었다.

"음색이 독특해. 중성적이면서도 감미로운, 아무튼 그 천부적 음색에 점수를 주고 싶어."

노래가 끝난 뒤 흔연한 속내를 드러낸 청년의 말이었다. 청년은 소년에게 노래를 배우고 싶다면 언제든지 와도 좋다고 했다. 물론 청년의 휴가 기간 동안만이란 걸 소년은 짐작하는 바였다.

집으로 향하는 소년의 발걸음이 가벼웠다. 간단없이 불어 상쾌하게 와닿는 저녁바람 때문이 아니었다. 참으로 오랜만에 타인에게서 칭찬을 받고 사람대접 받았다는 뿌듯함이 소년을 들뜨게 하였기 때문이었다. 소년은 성우였다.

버스정류장에 당도할 즈음 주변이 어둑해졌음을 새삼스럽게 깨달았다. 차들의 소란스런 왕래와 길가는 행인들이 엮어내는 북적한 거리 풍경을 접하자 성우는 잊고 있던 일상이 떠올랐다. 집 생각이 났으나 진정으로 자신을 사랑하고 염려해주는 식구들이 없다는 생각에서 늦은 귀가에 대해 신경 쓰지 않았다. 물론 양부모가 자신에게 관심을 기울이지 않는 건 아니었다. 그렇지만 묵호를 떠나 서울에 온 이래 언제부터인가 양부모가 자신에게 보여주는 관심은 형식적일지 모른다는 의구심이 생겼다. 그리고 그런 부정적 심리로 말미암아 가정에 대한 귀속감이나 소중함이 가슴에 자리 잡지 못했다. 가끔은 자신을 챙겨주고 다정히 대해주는 순영 누나에 대해선 육친의 정 같은 것이 느껴질 때도 있지만 그 순간뿐이었다. 양부모에 대한 나름의 선입견은 사춘기가 불러온 이유 없는 반항일 수도 있으나 양부모가 사업상의 일로 바쁜 탓에 성우와 시간을 함께하거나 진지한 대화를 나눌 수 없었다는 점이 성우를 겉돌게 한 주된 동기라고 할 수 있었다. 성우는 불현듯 오늘 오후에 저지른 장난이 생각났다. 친구들과 작당해 빵을 실컷 먹은 뒤 희생양인 친구 하나만 남겨두고 동시에 냅다 튄 것이었다. '그 자식이 불지는 않았겠지……. 어디 오늘만 했는가.'

성우는 같은 반 친구들에 비해 육체적으로 정신적으로 성숙한 편이었다. 나이가 한두 살 위일 뿐만 아니라 부모 없이 자라 일찍부터 세파에 찌들어 영악한 면이 또래에 비해 특출했다. 먹고 튀는 장난은 성우의 발상이었다. 그리고 성우가 찍은 친구들은 그 제안에 순순히 응할 수밖에 없었다. 성우는 만만치 않은 덩치에다 한 손만으로 턱걸이를 할 정도로 힘이 센 데다 무엇보다도 친구들을 부리는 수단이 남달라 누구 하나 그의 말을 거스르지 않았다. 아니 거스를 수 없다는 것이 성우를 떠받드는 친구들 사이에 불문율처럼 되어 있었다.

먹고 튀는 장난은 순전히 성우 자신이 암암리 연습하고 있는 얼굴 변형술과 음성 변조술을 시험해보기 위해서였다. 아서 코난 도일이나 모리스 르블랑의 탐정소설에 온통 심취한 나머지 탐정소설의 주인공마냥 얼굴 변형술이나 복화술 같은 음성 변조를 통해 남이 자신을 못 알아보도록 하고 싶었다.

첫 시도 때는 자신이 자청해서 먹고 튀는 친구들을 위해 빵집에 남았다. 그리고 빵값을 재촉하는 주인을 상대로 모르는 일이라며 잡아떼는 가운데서도 자신이 연습한 얼굴 변형술과 음성 변조를 번갈아 구사하였으나 별 소용이 없었다. 얼굴 변형술과 음성 변조는 입과 눈의 모양새가 이상하게 보이도록 얼굴을 으그러뜨리고 목을 꺾거나 혹은 음성을 낮게 깔아 쉰 소리가 나도록 하는 나름의 노력이라고 할 수 있었다. 그간의 노력이 통했는지 몇 차례의 실랑이 끝에 빵집 주인에게서 순순히 풀려나는 일이 있긴 했다. 빵집이 학생들로 붐빈 데다 주인이 어리숙해서 그런지 몰라도 재빠르게 옷을 뒤집어 입고 음성을 깔고 얼굴을 으그러뜨린 성우의 변형술에 그만 속은 것이었다. 가게 주인은 생사람 잡지 말라고 되레 큰소리치는 성우에게 착각했다면서 미안해하기까지 하였으니, 그간 막무가내로 우기다가 혼쭐이 나거나 돈을 지불하고 가까스로 풀려난 전례에 비하면 대단한 성취라고 할 수 있었다. 이후부턴 성우가 인질이 된 적은 그다지 없었다. 빵이나 만두를 먹고 튀는 짓은 먼 동네까지 원정 갈 만큼 이제 성우의 친구들 사이에선 재미삼아 하는 놀이 정도로 치부됐다.

소년은 버스 타기를 단념하고 걷기로 했다. 집까지는 10여 분쯤 소요되는, 걸어가도 될 거리여서가 아니었다. 그냥 걷고 싶어서였다. 얼굴에 괜한 미소가 생겨났다.

집에 도착해 환한 조명이 비치는 대문을 가만히 밀어보았다. 예상대로 대문은 꿈쩍하지 않았다. 소년은 집 옆으로 난 둔덕길을 올라가 까치발을 해 담 너머로 집 안을 살펴봤다. 귀가 시간이 늦을라

치면 으레 하는 동정 살피기이다. 2층엔 불이 켜져 있으나 양부모가 거처하는 아래층은 어두웠다. 회사일로 바쁜 양부모가 돌아오지 않았다는 증거다. 다시 대문께로 와서 초인종을 눌렀다. 잠시 후 발자국 소리가 들리더니 대문이 열렸다. 가정부 아줌마였다.

"어서 오세요. 도련님."

인사가 깍듯하다. 가정부로 온 지 며칠 되지 않았음을 감안해도 좀은 지나치다는 생각이 든다. 주인집 아들이긴 해도 자식뻘이 아닌가. 편만한 생김새 못잖게 성품마저 좋아서 그러려니 하면서 쑥스러움을 털고자 짐짓 쾌활하니 굴었다.

"아줌마! 저는 도련님이 아니고 성우예요. 또 깜박하셨군요."

"공연한 말씀 마세요."

집 안으로 들어서자 대문 쪽에 있는 별채에서 나지막한 노랫소리가 들려왔다. 김씨 아저씨가 부르는 배호의 〈누가 울어〉였다. '김씨 아저씨가 기분이 좋으신가 보다' 하고 지나치다가 저 노래로 말미암아 성악가 어머니로부터 타박을 맞았다는 생각을 하자 피식 웃음이 나왔다.

별채는 김씨 아저씨인 김종갑 이외에도 양부모의 자가용을 모는 박모라는 운전기사가 기거했다. 운전기사는 군에서 갓 제대한 젊은 사람이었다. 최 사장 지인의 조카라는 것과 사람이 찬찬하다는 말을 김씨 아저씨에게서 들은 적이 있다. 그렇지만 김씨 아저씨는 말과는 달리 운전기사를 탐탁지 않아 하는 눈치였다. 김씨 아저씨의 까다로운 성격 탓일 수 있으나 어찌 보면 상전인 최중대에게 잘 보이려는 충성심에서 비롯된 일종의 견제일 수 있었다. 게다가 운전기사 역시 김씨 아저씨를 단순히 집을 지키며 허드레 일을 하는 집사쯤으로 여기는 것도 문제였다.

최 사장은 이젠 강원도 묵호에서 산판업을 하던 예전 최중대가 아니었다. 서울에 온 지 불과 수년 만에 사채놀이와 부동산 투기로 크게 돈을 벌어 그 돈으로 토건회사까지 세운 명실상부한 사업가가 되어 있었다. 묵호에 살 때 술에 취해 "내가 위관 장교 네댓을 (세금으로) 먹여살린다."고 흰소리 치던 그가 이제 수행 비서를 두고 수십 명의 직원을 거느린 토건회사의 사장이 되었으니 격세지감도 이만저만하지 않았다. "불구만 아니면 세상 부러울 것이 없는데."라고 부쩍 푸념하는 것도 충분히 이해될 만큼 최중대의 앞날은 활짝 열린 듯했다.

성우는 2층 거실에서 은영과 마주쳤다. 성우는 외면할 수가 없어 말을 건넸다.

"저녁은?"

"먹었어."

"아버지는 언제 오신대?"

"몰라."

은영은 어색한지 짧게 대꾸하곤 아래층으로 내려갔다. 그 모습을 일시 바라보다 갑자기 아랫도리가 불끈해졌다. 며칠 전, 은영이 반바지 차림으로 소파에서 과자를 먹느라 부지 중 엿보인 팬티 생각이 나서였다. 팬티는 흰색이었다. 성우는 얼굴을 붉힌 채 자기의 방으로 들어갔다.

성우는 책상 위에 놓인 검은색 노트를 집어 들고 잠자리에 들었다. 검은색 노트는 소설이나 시 등의 문학 작품을 읽고 그 감흥을 적어 둔 것이었다. 막상 자위의 욕구에서 벗어나기 위해 노트를 집어 들긴 했어도 머릿속에 도사린 은영과 은영의 흰 팬티는 여간해서 지워지지 않았다. 성우는 애써 노트를 뒤적이다 어느 한 면에 눈길이 머물렀다. 은영에 대한 감정을 빗대어 쓴 부분이었다.

> 청순한 미모, 교양과 기품을 갖춘 나의 그대여! 그대의 고풍스런 저택에서 단 하루만이라도 그대의 가족들과 어울려 시간을 보내고 사위로서의 역할을 할 수 있다면 얼마나 좋을까요.
>
> 그대와 함께 저택의 뒤뜰을 거닐며 사소한 일상의 얘기일망정 나눌 수 있는 기회를 갖는다면 나는 그지없이 즐거울 거요.
>
> 아! 아! 백합나무 잎의 향취를 맡으며 나란히 걷는 우리는 정녕 다정한 부부가 될 터이다.
>
> 꽃을 피운 산사나무 사이로 고요에 잠긴 호수가 보입니다. 그리

고 호숫가 하얀 띠처럼 생긴 길가에 금색 이륜마차가 세워져 있고, 밝은 햇살에 감싸인 은빛 머릿결의 한 노부부가 눈에 띕니다. 아마도 노부부는 산책을 나온 듯합니다. 두 사람은 푸른 하늘과 고요한 호수와 싱그러운 초원을 배경 삼아 오손도손 얘기 중입니다. 바로 그대의 부모님이자 고귀한 몬트로스 가의 후작 부부인가 합니다.

아! 아! 나도 저처럼 단란한 시간을 보내고 그대와 평생을 해로해 황혼이 내리는 호수를 바라보는 노년의 나날이 주어진다면 얼마나 행복할까요.

장미목의 장방형 식탁에 은식기에 담긴 음식들이 차려지고 어디선가에서 바흐의 피아노 협주곡이 들려옵니다. 후작가의 사람들과 성장 차림의 아름다운 숙녀들과 명예와 부를 지닌 신사들이 식탁 주위에 모여 있습니다. 그들은 유쾌한 말솜씨와 미소 띤 얼굴로 내게 관심을 표명합니다. 개중엔 그대와의 결혼을 극구 반대했던 그대의 오빠인 알프레드 공작도 있습니다. 그는 나에게 다가와 쾌히 악수를 청합니다. 아! 이게 정녕 현실이었으면 얼마나 좋겠습니까.

나는 날씬한 체격에 잘생긴 용모의 남자입니다. 그러나 그게 무슨 대수입니까. 그보다는 나는 그대의 피앙세가 되어 후작가의 사위가 되고 싶습니다. 단 몇 시간만이라도 사위가 되어 이 더할 수 없는 영예를 누릴 수 있다면 나는 기꺼이 악마에게라도 내 영혼을 팔겠습니다.

나는 그대와 영원히 함께하고 싶습니다. 아! 아! 그러나 나의 소망은 언감생심이며 결코 이루어질 수 없습니다. 나는 지금 경찰에 쫓기고 있습니다. 사람을 죽였기 때문입니다. 그들은 곧 내 방의 문을 두드릴 것입니다. 어쩌면 내가 죽인 건 은영이라는 여자가 아니라 그녀의 천박함인지 모릅니다.

나의 손에 쥐어진 한 자루의 권총이 내 명을 재촉하고 있습니다. 이 권총이 내 명예를 지켜줄 단 하나의 수단입니다. 오! 신이여 가련하고 절박한 이 영혼을 굽어 살피소서.

나의 그대여! 나를 잊지 말아주오. 나의 청춘은 매우 짧고 내 생명도 이제 꺼질 테지만 이 허무 속에서도 내 마음은 온통 그대뿐이오. 사랑스런 나의 그대, 나의 마돈나여! 이제 영원으로 갈 시간이오. 그대여 부디 나를 잊지 말아주오. 이 헤어날 수 없는 절망 속에서 오직 그대만이 나의 구원입니다.

내 사랑 이자벨라 안녕히……. 탕!!

성우는 노트를 덮고 잠을 청했다. 그러나 쉬이 잠들지 못했다. 은영의 팬티가 마치 음영 진 계곡에 핀 흰 꽃처럼 머릿속에 잔존해 영 사그라지지 않았다. 결국 자위를 하고 말았다. 자위 뒤에 늘 그랬듯 자기 혐오감에 휩싸였지만 그 건 은영에 대한 미움을 더하는 일이기도 했다. '망할 년!'

❊ ❊ ❊

방을 나온 은영의 손에 빨갛고 노란 두 개의 훌라후프가 들려 있었다. 훌라후프를 돌릴 모양이다. 짐작이 맞았다. 은영이 옥상으로 향했다. 발소리를 죽여 은밀히 뒤를 밟았다. 호기심이나 어떤 의도가 있어서가 아니었다. 그냥이었다. 은영은 무슨 낌새라도 챘는지 옥상 문 앞에 이르러서 흘끗 이쪽을 돌아봤다. 재빨리 벽 뒤로 몸을 숨겼다. 들키지 않았는지 곧 옥상 문 여닫는 소리가 났다. 소리가 유난히 커 은영이 짐짓 거칠게 닫았다고 생각했으나 그게 아니었다. 옥상 문을 흔들 만큼의 강한 바람 때문이었다. 게다가 하늘은 잔뜩 찌푸려서 금방이라도 비가 쏟아질 듯했다. '이렇듯 을씨년스러운데 훌라후프라니…….'

문을 조금 열고 틈새로 은영을 엿봤다. 빨갛고 노란 두 개의 훌라후프가 은영의 허리 율동에 따라 타원을 그리며 돌았다. 빠르거나, 천천히 돌거나 두 개의 훌라후프가 허리를 벗어나는 법이 없었다.

빨강과 노랑이 어우러진 현란한 회전의 조화, 제법이라는 생각이 들 쯤, 은영은 누가 봐주기라도 하듯 한 발로 서서 돌리기도 하고 자세를 낮춰 돌리는 등 묘기까지 부렸다.

그만 문을 열고 나가 잘한다고 칭찬이라도 해줄까 하는 차에 은영이 난간 가까이 뒷걸음질하는 걸 보곤 지체 없이 문을 열고 뛰어 나갔다. 그때 은영이 놀란 표정을 지었지만 곧 앙칼진 욕지기로 다가감을 거부했다. 그러나 위태한 은영을 붙잡아야 했다. 두어 걸음 더 가려는데 흐트러진 머리칼, 독기 어린 눈매가 크게 클로즈업되었고 그 순간, 비명 소리가 났다. 그리고 은영이 시야에서 사라졌다.

급히 2층 계단을 내려가 밖으로 나왔다. 은영은 마당 한편에 쓰러져 있었다. 머리에 피가 묻어 있었고 얼굴은 창백했다. 살 수 없으리라는 느낌이 얼핏 들었다. 의식이 있는가 싶어 은영의 가슴에 손을 얹으려는데 누가 어깨를 툭 치며 말했다. "네가 그랬지?" 돌아보니 김씨 아저씨였다.

✽ ✽ ✽

성우는 잠자리에서 선뜻 일어나지 못하고 한동안 뭉그적거렸다. 잠을 설친 때문이었다. 그 와중에 간밤의 꿈이 생각났다. 그러나 꿈이 어렴풋한 데다 조각난 형태여서 기억이 용이치 않았다. 꿈을 추적하지 않자 꿈은 어느새 기억에서 멀어졌다. 나중 은영이 옥상에서 떨어진 부분 이외는 더 이상 기억나지 않았다.

반 친구들과의 약속만 아니라면 그냥 잠자리에서 죽치고 싶었다. '자식들, 좋은 걸 보여준다는데 뭐기에 바쁜 사람을 나오라고 하는지, 원…….' 일어나려는 참인데 방문 밖에서 가정부 아줌마의 음성이 들렸다. 식사를 하라는 알림이었다.

만나기로 한 정오가 다 돼서야 성우는 슬슬 나섰다. 약속 시간에 늦었지만 보스인 자신을 누가 책하랴 하는 마음에 서두르지 않았다.

약속 장소인 학교 정문에 당도했으나 친구들은 보이지 않았다. 두리번거리는데 문 뒤에서 친구들이 '왁!' 소리를 내며 깜짝 놀라게 했다. 성우가 별칭으로 상똘, 중똘, 하똘로 부르는 세 친구였다. '똘'이란 별칭에 대해 세 친구는 처음엔 '똘'은 '똘마니'의 첫글자 아니냐면서 볼멘소리를 했다. 그러나 성우가 본의(똘마니)를 숨기고 '똘'은 똘똘하다는 뜻이며 상 · 중 · 하는 2학년 전체 싸움꾼 순위 2, 3, 4위를 나타낸다고 하자, 세 친구는 반신반의하는 눈치였어도 더 이상 이의는 제기하지 않았다. 그때 창대가 '내가 3학년이 되면 전교 싸움꾼 4위가 아니냐.'고 넉살을 떨어 친구들의 웃음을 자아냈다.

성우는 늦었는데도 반겨주는 친구들이 고마웠다. 기분이 썩 좋아 밝고 큰 소리로 응대했다.

"야! 똘들, 잘 있었어?"

"그래, 잘 있었어."

"나도야!"

"이하동문."

친구들 역시 벙글대며 쾌활하니 굴었다. 그러고 보니 친구들과는 일주일 만의 만남이었다. 방학 기간이라 그간 못 본 탓에 반가움이 새록새록했다.

"너희들 보니 살 맛이 난다 나! 그건 그렇고 무슨 좋은 일이 있어? 은행이라도 털었어?"

성우의 물음에 상똘 봉수가 빙긋 웃으며 능청을 떨었다.

"은행? 은행은 나중에 털고, 아무튼 좋은 거야. 점심 사야 돼."

"엄청 보들보들한 거야. 어렵사리 구했어."

"야, 중똘(일주)! 너까지 왜 그래? 자식, 정색한 표정 하곤……."

그 소리에 친구들이 와 하고 웃었다.

"야! 하똘(창대), 뭐야? 말해봐!"

"빤쓰야. 여자 빤스."

"뭐 여자 빤쓰? 어디에 쓸려고? 혹시 딸딸이 치려고 그러는 것 아냐?"

"딸딸이가 뭐냐. 무식하게. 마스터베이션(masturbation)이지."

"자식, 유식한 척하긴. 그게 그거 아냐?"

"좌우지간 으슥한 곳으로 가자. 가서 보여줄게."

방학 중이라서 그런지 교정은 한적했다. 운동장 한 모퉁이 나무 그늘에서 더위를 피하는 몇몇 노인들 말고는 오로지 그들뿐인 것 같았다. 으슥한 곳은 학교 건물 뒤쪽에 있는 화장실이었다.

화장실은 텅 비어 있었다. 푸세식이어서 묵은 변 냄새가 심했지만 개의치 않았다. 넷은 둥그렇게 모여 머리를 맞댔다. 봉수가 주머니에서 신문지로 싼 뭔가를 꺼냈다. 그걸 본 일주와 창대가 킥킥거렸다. 모양새로 보니 아까 창대가 말한 여자 팬티로 짐작되었다.

성우가 짐짓 핀잔을 주었다.

"야, 뭔데 그렇게 공을 들였어? 그까짓 빤쓰를 갖고."

"그런 말 마. 이거 특별한 거야. 네게 진상하려고 며칠을 고생했는데."

신문지를 벗기니 손바닥만 한 여자 팬티가 나왔다. 그것도 앙증맞은 꽃이 쌍으로 수놓인 분홍 팬티였다.

"누구 건데? 너희 누나 것 아냐?"

성우가 관심을 보이자 봉수의 목소리가 높아졌다.

"쓸데없는 소리. 선옥이 거야."

"선옥이가 누군데?"

"우리 동네에 사는 애야. 중3인데 엄청 예뻐."

"사용한 거겠지?"

"물론이야. 내가 빨랫줄에 널린 걸 슬쩍했거든."

"자식, 장한 일을 했네."

성우가 팬티를 건네받아 이모저모 살피다 냄새까지 맡자. 일주가 채근했다.

"향기롭지 못한 곳에 계속 있을 테야? 이제 한번 입어봐."

"나더러 이걸 입으라고 야! 중똘, 너 미쳤어?"

그러자 봉수와 창대가 일주를 거들었다.

"그래, 빨리 입어. 우린 벌써 입었어."

"못 믿어? 보여줘?"

봉수가 혁대를 풀자 일주와 창대도 기다렸다는 듯 혁대를 풀었다. 그리고 셋은 주섬주섬 바지까지 내렸다. 가관이었다. 봉수는 점점한 무늬가 있는 땡땡이 팬티를, 일주와 창대는 각기 노랗고 허연 여자 팬티를 입고 있었다. 그것도 모두 사타구니에 바짝 달라붙은 삼각 팬티였다.

"어때? 보기 좋지?"

"여자 빤쓰를 입으면 재수가 좋댔어. 그래서 입었어."

"자식, 핑계는……. 어디서 났어? 훔친 거지?"

"빨랫줄에게 양해를 구했어."

"자식들! 완전 미쳤군."

성우는 민망하기도 하고 창피하기도 해서 입기가 영 거북했다. 그렇다고 안 입을 수도 없어 곤혹스러웠다.

"야! 뭘 망설여. 우린 사총사고 털 검사까지 했잖아. 빨리 입어."

일주의 부추김에 성우는 내키지 않았지만 혁대를 풀었다.

"이참에 우리 털 검사 한번 할까? 어때?"

"거 좋지."

봉수의 제안에 성우는 갓 입은 여자 팬티를 다시 내려야 했다.

'간밤 꿈자리가 뒤숭숭하더니 결국 봉변 아닌 봉변을 당하는구나' 하고 생각했지만 기분은 결코 나쁘지 않았다.

화장실에서 볼일을 끝낸 넷은 근방의 새로 생긴 분식집으로 몰려갔다. 성우는 분식집에서 달걀을 넣은 라면을 시켰다. 똘들이 환호했다. 달걀 라면은 근래 맛보는 특식이기 때문이다.

"벌건 대낮만 아니라면 시원한 쭐쭐이(막걸리) 한 사발 하는 건데."

"누가 아니래? 쪽인데."

성우는 똘들의 허풍에 실소했다. 똘들이 술을 먹는 걸 본 적이 없어서였다.

넷은 특식 라면으로 배를 채운 뒤 그 자리에서 심심파적으로 '찍기'(칼이나 포크, 젓가락 등으로 벌린 손가락 사이를 빠르게 찍는 장난) 놀이를 했다. 손가락을 벌려 그 사이를 쇠젓가락으로 바삐 찍어대는 덩치 큰 아이들의 위험스런 장난에도 식당 주인은 어디 한두 번 봤냐는 듯 예사로운 눈치였다.

수영복 차림의 풍염한 몸매의 여배우가 달력 속에서 지켜보는 가운데 찍기의 마침을 일주가 지었다. 일주의 손놀림이 워낙 빨라 다른 셋은 그만 흥미를 잃었다. 찍기가 시들해지자 창대가 클린트 이스트우드가 나오는 서부영화를 보러 가자고 해서 셋은 군말 없이 그 말을 좇았다. 그 자리에서 영화 관람료를 갹출했다. 라면값을 치른 성우를 제외한 봉수와 일주가 딱바이씩(백 원) 냈고, 제안자인 창대가 통 크게 니악빠이(2백 원)를 보탰다. 합쳐 4백 원이었다. 4백 원이면 영화 관람료로 부족하지 않을 성싶었다. 만사가 여의로워 성우와 세 친구는 희희(嬉嬉)대며 뙤약볕이 쏟아지는 거리로 성큼 나섰다. 목적지는 을지로6가에 있는 계림극장이었다.

대문 밖까지 들리는, 양부의 너털웃음 소리를 듣는 건 흔한 일이 아니었다. 성우에게 양부의 웃음소리는 마음을 놓이게 하는 선의와 다름없었다. '무슨 기쁜 일이라도 있으신지……. '웃음의 진원은 정원 한편에 있는 후박나무 아래였다. 후박나무 그늘에서 양부와 김씨 아저씨가 술상을 차려놓고 대작하는 모습이 눈에 띄었다. 두 사람은 뭐가 그리 즐거운지 담소 중에 연신 웃음꽃을 피웠다. 성우는 못 본 양 할 수 없어 그쪽으로 걸음했다.

성우가 인사를 하자 김씨 아저씨가 취기가 오른 얼굴로 눈웃음을 지었고 양부는 건둥한 고갯짓으로 성우의 인사를 받았다.

"인사는 무슨……. 관둬라, 야!"

양부는 말은 그래도 내심 흡족한지 입꼬리가 위로 치켜졌다.

"어데 갔다 오는 길이니? 방학이라고 해서 공부를 영 놓으면 아니 된다."

"네, 아버지."

그만 가려는데 김씨 아저씨가 성우를 붙잡았다.

"성우, 너 요즘 노래를 배운다면서? 그래, 무슨 노래를 배워?"

가정부 아줌마에게 대수롭지 않게 한 말이 김씨 아저씨에게까지 흘러간 모양이다.

"성우가 노래를 배운다고? 그래, 성우야! 배운 노래 한번 불러보겠니?"

"며칠밖에 되지 않아 제대로 부르지 못해요. 노래 배우는 것도 내 일이면 끝이고……."

"그래도 조금만 불러봐."

성우는 난처했다. 배운 노래라곤 푸치니의 〈오 사랑하는 나의 아버지〉뿐인데 그것도 군인 성악가를 졸라 어설프게 배운 몇 소절이어서 쉽게 부를 처지가 아니었다. 그렇다고 양부가 노래를 부르라 하는데 거절은 어림없는 일. 성우는 내키지 않았지만 노래를 부를 수밖에 없었다.

"클래식인데요. 조금만 부를게요."

"기럼 기럼, 클래식이면 어떻고, 잘 못 불러도 누가 탓하겠니."

어두워지기까지는 아직 이른 시간이지만 햇살은 여리고 후박나무의 그늘은 짙어져 사방에는 어슬한 저녁 정취가 감돌고 있었다.

성우가 노래를 하자 성우 특유의 낭랑한 노랫소리는 정원 곳곳에 잔잔히 퍼졌다.

오 미오 밥비노 카로(O mio babbino caro,)

미 피아체 벨로 벨로(mi piace, è bello, bello;)

봔 다레인 포르타 로싸(Vo'andare in Porta Rossa)
아콤페라 라넬로!(A comperar l'anello!)

씨 씨 치볼리오 안다레!(Sì, sì, ci voglio andare!)
에세 라마씨 인다르노,(e se l'amassi indarno,)
안드레이술 폰테 베키오,(andrei sul Ponte Vecchio,)
마페르 붓타르미 인 아르노!(ma per buttarmi in Arno!)

귀에 곱게 와닿는 중성적 음색, 해거름의 안연한 정서 때문인지 노래는 감미롭다 못해 애조적이기까지 했다. 양부는 언제 질펀하게 웃었냐는 듯 경탄의 표정으로 성우를 바라봤고 김씨 아저씨는 눈을 지그시 감고 자못 진지하게 노래를 감상했다.

노래가 끝나자 박수와 칭찬이 당연하듯 잇따랐다.

"아이고, 잘 불렀네. 우리 성우가 노래에 소질이 있는 줄 미처 몰랐네."

"그렇게 말입니다. 저도 놀랐습니다. 그것도 며칠밖에 배우지 않았다는데 원어로 능숙하게 부르다니 성악가가 따로 없네요."

"기럼, 기럼. 썩 잘 불렀어."

성우는 자신의 서툰 노래에도 칭찬을 아끼지 않은 두 사람의 마음 씀씀이가 고마웠다. 그렇지만 쑥스러워 그저 얼굴을 붉혔다. 양부가 재차 기분 좋은 말을 했다.

"성우야! 노래를 배웠으면 마땅히 보답을 해야 하지 않겠니? 술장에 있는 양주 한 병을 노래 선생님에게 갖다줘. 알간?"

"예, 아버지. 감사합니다."

"이 아새끼! 부자지간에 뭐가 감사해? 잔말 말고 냅다 갖다줘."

성우는 순간 울컥했다. 양부에게서 가식 없는 부성애를 느꼈기 때문이었다. 성우는 마음속으로 다짐했다. '좀 더 크면 반드시 양부의 다리가 되어 평생 효도하리라'고.

돌아서는 성우를 이번엔 양부가 불러 세웠다.

"성우 이 아새끼, 뭐가 그리 바빠? 축하할 일이 있다. 이제 김씨 아저씨가 회사 상무가 됐으니 앞으로 상무님이라고 불러. 알간?"

"예, 아버지."

"당장 상무님이라고 불러봐."

성우는 양부의 성화에 김씨 아저씨를 향해 머리를 공손히 숙였다. 그리고 축하의 말까지 깍듯이 건넸다.

"김 상무님! 축하드립니다. 앞으로 회사를 잘 발전시켜주십시오."

"그래, 고맙고 기특해. 이제 보니 성우도 어른이 다 됐네."

그쯤에서 성우는 두 사람에게서 헤어났다. 그렇지만 기분 좋은 일은 그것으로 끝나지 않았다. 현관에서 마주친 은영이가 "제법인걸." 하고 한마디 던진 것인데 말투가 부드러워 어안이 벙벙했다. 물론 노래를 들었다는 표시이긴 해도 은영이 늘 자신을 멸시했다는 점에서 뜻밖의 호의가 아닐 수 없었다. 대문 쪽으로 가는 은영을 바라보는 성우의 눈길이 마냥 따뜻했다.

성우는 자리에 누웠어도 잠이 오지 않았다. 잠은 고사하고 정신이 말똥말똥해 밤을 꼬박 샐지 모를 일이었다. 몇 시간 전, 기쁨을 안겨준 양부와 은영이를 떠올릴라치면 절로 미소가 머금어졌다. 잠잠해야 할 밤의 시간에 심장이 두근거리고 가슴이 벅차니 잠이 올 리 없었다. 성우는 굳이 잠들려고 하지 않았다. 잠이 들면 이 행복감도 사라질 터니 저절로 잠들 때까지 기다리기로 했다. 또 숱하게 찾아올 밤, 한 번쯤 외면한다고 해서 대수로울 리 만무했다.

그러나 밤의 시간이 흐르는 동안 성우의 생각은 변했다. 변한 이유는 공상에 생각이 미쳤기 때문이었다. 공상은 묵호(동해시)에 살 때 외톨이 성우가 즐겨하던 상상의 놀이였다. 성우는 예전처럼 밤의 놀이를 위해 모로 누웠다. 그리고 얼굴을 벽 가까이 댔다. 지난날처럼 퀴퀴한 냄새는 맡을 수 없었어도 공상의 날개는 절로 펼쳐졌다.

❊ ❊ ❊

나는 두 개의 봉우리와 한 개의 계곡을 다스리는 영명한 군주이다. 계곡에 있는 '보라전'이 큰 장마로 침수되어 서쪽 봉우리에 옮겨 짓지 않으면 안 되었다. 하지만 보라전을 옮겨 짓는 건 쉬운 일이 아니다. 화수(불과 물)의 신과 역대 왕들을 모신 사당인 고색 찬연한 보라전을 옮기는 것도 문제이지만 더 큰 문제는 보라전을 옮길 때 드는 재원이 없다는 것이다. 재원을 마련하지 못하면 보라전 이전은 머릿속에서나 그려보는 헛된 계획으로 끝날 수밖에……. 그렇다고 재원 마련을 위해 가난한 나라 백성들을 쥐어짤 수도 없고…….

나의 고민과 한숨이 날로 커질 즈음, 시정(市政)에 밝은 늙은 신하가 쪼르르 달려와 은밀히 아뢴다.

"군주님이시여! 틱 영감을 만나 보소서. 아마도 도움이 될 것입니다."

"틱 영감이라고? 동쪽 봉우리를 거의 소유한 이 나라의 제일가는 부자인 그 영감 말인가?"

"그렇습니다."

"그대는 그 틱과 어떤 커넥션이 있는 게 아닌가?"

"커넥션이라니요? 당치 않는 말씀입니다. 신은 오로지 군주님에 대한 충정만 있을 뿐입니다."

"그렇다면 내가 오버했군. 시간 봐서 데려오게. 기꺼이 만날 테니."

"군주님이시여! 틱 영감을 만나기 전에 사전에 알려드릴 것이 있습니다."

"알려준다니? 또 뭔가? 중요치 않으면 이쯤 하자. 나도 틱 영감에 대해 조금은 알지. 딸 하나를 출가시키고 남은 딸과 잘 먹고 잘 산다는……."

"군주님이시여! 바로 그 작은딸에 대한 얘기입니다. 틱 영감의 작은딸은 예쁘지도 않은데도 성깔은 보통이 아니어서 틱 영감의 근심과 한숨이 군주님 못잖습니다. 게다가 눈은 높아 혼기를 오래전에 놓쳤습니다."

"이쯤 하자. 틱 영감은 어쩌면 작은딸을 내게 떠넘길 흑심을 갖고 있는지 모르겠군. 그 작은딸의 이름이 어떻게 되지?"

"실버 수(은영)라고 합니다."

쓰리똘의 하나이자 측신인 하똘(창대)이 긴 칼을 끌다시피 하며 나타났다. 얼마 전, 소규모 전투이긴 해도 공을 세웠답시고 여전히 으스대는 것 같다. 하똘이 고개를 가볍게 숙여 예를 표하고선 맡은 바 소임에 대해 보고를 했다.

"사총사의 우두머리이시며 하우 왕국의 군주이신 성우님이시여! 신이 소임을 아뢰겠나이다."

"아뢰어라, 짤막하게."

"예, 틱 영감의 땅은 정확하게 동쪽 봉우리 3분지 2를 점하며, 밀과 옥수수, 감자 등의 연간 소출이 왕국 전체 소출의 5분지 1에 달합니다. 또 틱 영감의 소와 말, 양 등의 가축은 2천여 마리로서 왕국 전체 가축 수의 4분의 1을 상회합니다. 이상입니다."

"수고했다. 그러고 보니 틱이 대단한 부자임에는 틀림없어."

그쯤에서 상똘(봉수)과 중똘(일주)이 앞서거니 뒤서거니 하면서 이쪽으로 왔다. 상똘은 장창을 어깨에 멨고 중똘은 단출한 복장에 단검 여러 개를 허리춤에 꽂았다.

둘은 예를 표하기가 무섭게 한입처럼 말했다.

"사총사의 우두머리이시며 하우 왕국의 군주이신 성우님께 소임을 보고하나이다."

"그래, 보고들 해라. 아니, 상똘이 먼저이다"

상똘 봉수가 반 발자국 앞으로 나서서 보고를 했다.

"신이 직접 실버 수를 살펴봤습니다. 실버 수는 키도 크고 몸매도 괜찮은 편이지만 용모는 별로입니다."

"용모에 대해 구체적으로 말한다면."

"예, 눈이 가늘고 코는 납작하며 광대뼈가 도드라졌습니다. 또 주근깨투성이고……. 한마디로 못생겼습니다."

"그래, 또 다른 점은?"

"그 집 하인의 말에 의하면, 실버 수는 성격이 드세고 고집이 황소여서 틱 영감이 그런 점에 대해서 늘 탄식하고 못마땅하게 여긴답니다. 술도 말술이고 완력도 대단해 남자 여럿을 한꺼번에 패대기친 적도 있다고 합니다."

"그만해라. 듣고 보니 괴물 같아."

"중똘은 틱의 약점을 조사해봤느냐?"

"예, 왕이시여. 조사했나이다."

"무엇이 약점이더냐?"

"이렇다 할 약점은 발견할 수 없었습니다. 일꾼들의 품삯도 제때 지불하고 세금 또한 꼬박꼬박 잘 낸다고 세리(稅吏)들이 말했습니다."

"그래도 약점이 있을 텐데? 법을 어겼다거나 꾀를 내어 남의 땅을 헐값에 샀다든가 하는 등의……."

"그 점에 관해서도 법관(法官)과 토관(土官)에게 물어들 봤습니다. 둘 모두 고개를 가로저었습니다. 해당 사항이 없다는 뜻이겠지요."

"그래?"

"신의 생각엔 굳이 약점이라면 나이가 많다는 게 틱의 약점일 수 있습니다."

"맞아! 그게 약점일 수 있지. 잘 집어내는군. 역시 중똘은 머리가 명석해."

"모두 크게 수고했다. 이쯤 하자, 다들 돌아가!"

이튿날, 보라전을 옮기는 문제가 시급해 틱 영감을 왕궁으로 초치했다. 군주인 나는 틱에게 재원 마련을 위해 에둘러서 도움을 요청했으나 틱은 요리저리 핑계를 대며 빠져나갔다. 다만 헤어질 때 틱이 자신의 집에 나를 초청한 것이 만남에 따른 소득이라고 하면 소득일 수 있었다.

사흘 후, 틱이 자신의 집에 군주인 나를 정식으로 초청했다. 단시일에 초청한 걸 두고 함께 갈 쓰리똘은 이구동성으로 징조가 좋다고 해서 재원 마련에 일말의 기대를 갖게 했다.

틱의 집은 햇살이 잘 드는 평평한 산각에 자리하고 있었다. 집은 담장을 두른 2층 토루(흙으로 지은 둥근 성채) 형태였는데 생각 외로 규모가 크지 않았다. 인상적인 건 담장 밖이 온통 각종 꽃나무 천지여서 형형색색으로 핀 꽃들이 눈을 즐겁게 했다는 점이다. 게다가 집 안에 들기 전 좋은 향기로 목욕하는 셈이어서 기분이 고조되는 건 이상스런 일이 아니었다.

군주와 그 일행이 왔는데도 집 안이 한산했다. 영접 나온 인원도 소수였다. 틱을 위시해 용모가 단정하고 옷차림이 깨끗한 네댓 명의 하인 하녀가 전부였다. 틱이 번거롭고 요란한 걸 싫어하는 내 취향을 헤아린 걸로 간주하고 싶었다. 틱은 나와 쓰리똘을 집 안 깨끗한 별채로 안내했다.

별채에 자리 잡고 앉자 곧 간단한 요깃거리로 검은 보리빵과 몇 개의 사과, 그리고 목을 축일 정도의 차와 한 움큼의 비스킷이 나왔다. 그걸 본 하똘(창대)이 대접이 형편없다고 느꼈는지 혼잣말처럼 투덜댔다.

“틱 영감이 인색하다는 소문은 들었지만 이건 좀 심하네.”

내가 즉각 하똘의 발을 밟아 입조심하라고 주의를 주었다. 틱은 소리가 작아 듣지 못했는지 아니면 들었어도 못 들은 척하는 건지 들뜬 표정 그대로였다. 만약 틱이 들었다면 망신살이 뻗치는 건 자명한 일이겠지만.

요깃거리와 차가 쓰리똘에 의해 동날 즈음, 틱이 둘만의 얘기를 나누자며 별채 뒤편으로 나를 이끌었다. 별채 뒤편은 흑대리석의 작은 탁자와 흑단목의 나무 의자 두 개가 놓인, 말하자면 별채에 딸린 후원인바, 비밀 얘기를 나누기 딱 좋은 곳이었다. 주변에 서향나무(천리향)와 섬엄나무(만리향)가 촘촘히 심어져 있어서 더욱 그러했다.

그곳에서 군주인 나는 틱과 허심탄회하게 얘기를 나누었다. '보라전 이전에 도움이 돼달라'는 나의 요청에 틱은 예상했던 대로 '작은딸을 왕비로 삼아주면 요청을 수용하겠다'고 조건을 달았다. 결정이 쉽지 않은 문제였다. 괴물처럼 느껴지는 틱의 작은딸을 왕비로 삼기가 영 꺼림칙해서였다. 그렇다고 해도 보라전 이전은 가까운 시일 내에 반드시 해야 할 일. 군주인 내가 난감해하자. 틱이 '그렇다면 작은딸을 왕비로 삼아주면 보라전 이전 비용은 물론 자신의 재화로 동쪽 봉우리에 3층 높이의 궁전까지 지어주겠다'고 통 크게 나왔다. 그 제의에 마음이 흔들렸다. 지금 살고 있는 서쪽 봉우리 2층 궁전은 규모가 협소해서 외빈들마저 궁 밖에 재울 수밖에 없었는데…….

결국 틱의 최종 제의를 받기로 마음을 굳혔다. 첫째 왕비 M.N(미나)과 둘째 왕비 S.O(선옥)에게 미안스럽고 체면 구기는 일이긴 해도. 그렇지만 군주인 내게도 인간적 자존심은 있었다. 그래서 '당사자인 작은딸의 얼굴을 보고 나서 웬만하면 하겠다'는 것이 틱의 최종 제의에 대한 나의 대답이었다. 사실상 수용 선언이었다. 그런데 그 대답이 틱을 매우 기쁘게 했는지 벌떡 일어서더니 갑자기 군주인 나를 껴안으려 했다. 내가 슬쩍 몸을 뒤로 젖혀 간신히 봉변을 모면했지만 황황하기 그지없었다.

평상시 같으면 틱의 그런 돌출 행위는 군주에 대한 불경죄로 처리돼 참수형 아래인 거꾸로 매달아 하루 종일 두들겨 패는 중벌을 가했을 것이다. 그러나 보라전 이전 비용을 대고 큰 궁전까지 지어준다고 하니 불문에 부칠 수밖에.

그즈음이었다. 마치 기다렸다는 듯이 본채 쪽에서 큰 풍악 소리가 났고 향연으로 짐작되는 흰 연기까지 피어올랐다. 그 바람에 군주인 나는 어색한 국면에서 벗어날 수 있었다. 틱이 풍악과 향연은 혼인잔치를 알리는 신호라고 넌지시 일렀다. 왕비 건이 완전 타결되지 않았는데 틱이 혼사를 기정사실화해서 마음이 언짢았으나 이미 엎질러진 물 신세가 아닌가. 묵묵히 틱을 따라 잔치장으로 갈 수밖에 없었다.

군주인 내가 잔치장에 나타나자 그곳에 모인 모든 남녀노소가 일제히 환호성을 내지르며 격하게 반겼다. 족히 수십 명은 될 성싶었다. 음식도 육 · 해 · 공, 갖가지로 풍족히 차려져 있어 모두가 먹고도 남을 정도였다. 그런데 은근히 기분이 좋아지려는 찰나 하똘 창대가 술을 얼마나 마셨는지 웃통을 벗어젖히고 고성을 지르는 등 추태를 부리는 것을 목도했다. "저놈이……." 군주인 나는 눈살을 찌푸

렸지만 그 정도로 끝낼 일이 아니었다. 부아가 치밀어 '궁에 돌아가면 내 저놈에게 치도곤을 안겨야지' 하고 속으로 단단히 별렀다.

그때 내 옆에서 군주인 나의 눈치를 살피던 틱이 아주 공손한 태도로 술 한 잔을 권해 올렸다. 엉겁결에 받아 마셨다. 그게 문제일 줄이야. 몸이 차츰 나른해지더니 보이는 것 들리는 것 모두가 아름답고 황홀하게 느껴졌다. '틱 이놈이 필시 아티반이나 졸피뎀 같은 약을 술에 탔구나.' 하고 어렴풋이 짐작했지만 화는 전혀 나지 않았다. 상똘과 중똘이 군주인 내게 오더니 양쪽에서 나를 부축했다.

꽃 냄새인지 분 냄새인지 모를 좋은 향기가 감도는 방에 나는 홀로 있었다. 몸은 여전히 나른했고 정신도 혼미한 상태였다. 군주인 내가 왜 여기 있는가를 되풀이해서 생각했지만 생각조차도 여의롭지 못했다. 인기척이 없었다면 '내가 왜 여기 있는가'를 한참 계속했을 것이다.

인기척은 키 큰 한 여자가 방에 들어오면서 낸 소리였다. 여자를 얼핏 보니 벌거벗은 상태였는데 혹 얇은 시폰 천 같은 걸 걸친 듯 보이기도 했다. 여자는 성큼 발치께로 와서 비스듬히 누운 내게 뭐라고 몇 마디 했다. 그러나 알아들을 수 없었다. 내가 반응이 없자 여자가 얇은 잠자리 날개 같은 천을 훽 벗어 아무렇게나 던지는가 싶더니 곧바로 얼굴을 숙였다. 여자의 흘러내린 머리칼이 절로 제 얼굴을 가렸다. 얼굴을 못 보게 하려는 잔꾀가 분명했다. 그렇지만 그건 사소한 문제일 뿐이었다. 여자의 가슴에서 엄청나게 큰 연분홍 빛깔의 두 개의 복숭아를 봤기 때문이었다. 저것들에 깔린다면 압사하는 건 뻔한 일, 참으로 걱정되는 거대 유방의 존재였다.

걱정은 그것만이 아니었다. 설상가상이라고 할까. 우람한 석주를 연상케 하는 두 개의 다리도 공포 그 자체인데 여자의 은밀한 부분에 눈이 가는 순간 가슴이 덜컥 내려앉았다. 뚝살처럼 길게 불거진 데다 검붉은 체모가 사막의 가시풀처럼 어지럽게 뒤엉켜 있어 상관을 할라치면 큰 상처를 입는 건 불을 보듯 뻔했다.

여자가 팔을 벌림과 동시에 고개를 조금 쳐들었다. '내가 어때요?' 하는 몸짓 같았다. 그건 군주인 나를 덮치겠다는 조짐에 다름 아니었다. 이쯤에서 살길을 찾아야 한다는 자각이 들었다. 방법은 오직 하나, 하우 왕국에서 도망치는 일이다. 혼자 도망쳐서 쓰리똘에게 미안한 일이지만 내가 살기 위해선 부득이한 일. 결심이 서자 행동으로 옮겼다. 모로 누운 몸을 천장을 향해 바로 누웠다. 도망은 곧 공상을 접고 꿈의 영역으로 가는 시점이기도 했다. 심신이 못내 편했다. 도망치기 잘했다는 생각이 절로 들었다. 나는 살았다.

# 3

며칠이 지나 집안에 작은 변화가 있었다. 별채에 기거하던 김 상무(김종갑)가 영월로 떠났고 양부의 자가용을 운전하던 박 기사도 자신의 짐을 챙겨 방을 비웠다. 김 상무는 회사의 업무 때문이지만 박 기사가 그만둔 건 뜻밖이었다. 김 상무와 박 기사 사이가 소원하긴 해도 김 상무가 영월로 떠난 마당에 박 기사가 굳이 그만둘 이유는 없어 보였다.

성우는 별채를 기웃거리다 마침 가정부 아주머니가 빈방을 청소하고 있어 박 기사가 왜 그만뒀냐고 물어보았다. 아주머니가 대뜸 "그만둘 사람이 그만둔 것 아니냐?"고 되레 반문해 물어본 사람이 머쓱했다. 그러나 아주머니는 곧 평시의 잔잔한 어투로 '김 상무가 영월로 떠나기 전 양부에게 청해 박 기사를 그만두게 했다'는 것을 말해주었다. 그런데 가정부 아줌마가 그 말끝에 묻지도 않은 김 상무에 대해 입에 올렸다. '김 상무가 영월로 간 것은 보석광산의 책임자가 됐기 때문이며, 보석광산이 잘 돼 돈을 벌면 상무를 그만두고 번듯한 교당을 세운다'는 것이었다. 얘기를 듣고 보니 평소 김 상무와 아주머니 사이가 원만한 걸로 짐작은 했어도 김 상무가 자신의 속내를 털어 놓을 만큼 아주머니와 가깝게 지낸 줄은 미처 몰랐다. 물론 아주머니를 가정부로 소개한 사람이 김 상무이니 아주머니와 가깝게 지낸들 흉 될 일은 아니었다. 그렇지만 김 상무가 양부에게 청해 박 기사를 그만두게 했다든지 나중 양부의 곁을 떠나 교당을 세운다는 등의 속내를 아주머니에게 사사로이 밝힌 건 경솔한 감이 없지 않았다. 따져보면 김 상무나 그런 얘기를 떠벌린 아주머니도 입이 가볍긴 마찬가지였다.

웬 사람이 집 안에 들어와서 얼씬거렸다. 나이가 들어 보이고 작업복 차림의 노동자 풍이어서 새로 온 운전기사는 아닐 거라고 생각했으나 생각이 빗나갔다. 웬 사람은 새로 온 운전기사였다.

저녁 식사 때 양부가 식구들에게 새로 온 운전기사에 대해 간략하게 소개했다. 조씨 성을 가진 사람이고 강원도 탄광에서 제무시(GMC트럭)를 10년 넘게 몰았다는 것과, 성실하고 과묵해 김 상무가 천거했다는 등이었다. 그리고 양부는 '앞으로 조 기사를 삼촌처럼 여기고 잘 대해주라'는 당부를 잊지 않았다. 그러나 성우는 양부의 당부가 귀에 들어오지 않았다. 조 기사라는 사람이 눈매가 깊고 하관이 빨라 음험하게 보이는 데다 광대뼈 언저리에 퍼런 탄물(괴탄에 의한 생채기)이 들고 오른손 검지도 한마디가 없어 혐기(嫌忌)스럽기까지했다. 기실 새로 온 조 기사가 맞갖잖은 건 김 상무가 천거했다는 것에 기인했다. 이러다간 집안이 온전히 김 상무와 그의 심복인 가정부 아줌마와 조 기사에 의해 좌지우지되고 종래 양부를 비롯한 온 가족이 김 상무에게 제압당할지 모른다는 우려도 이 때문이었다.

새로 온 운전기사가 줄곧 눈에 거슬렸다. 가래침을 예사로 뱉기 일쑤고 집안사람에게 지나치게 굽실대는 행동거지도 그렇고, 무엇보다도 조 기사가 가정부 아주머니와 말을 터 친근하게 구는 게 뻔뻔스러울 정도였다. 나중 가정부 아줌마와 조 기사가 인척간이라는 걸 알게 돼 두 사람 사이를 이해하게 됐지만 여전히 두 사람이 김 상무의 끄나풀이라는 생각은 변함이 없었다.

여름방학이 끝난 9월의 어느 날, 양부가 담석 제거 수술을 위해 병원에 입원하는 일이 생겼다. 양모를 비롯한 식구들은 일과처럼 병원을 찾았다. 성우도 마찬가지였다. 학교 수업이 끝나면 쓰리똘과의 어울림도 마다하고 곧장 병원으로 달려갔다. 그런 성우를 양부모는 대견해했고 은영도 상냥히 굴어 성우는 병원 가는 일이 기다려질 정도였다. 다행히 양부는 수술 경과가 좋아 예정보다 일찍 퇴원 날짜가 잡혔다.

양부의 퇴원을 하루 앞둔 저녁, 성우는 마침 양모와 다른 식구들이 병실에 없는 틈을 타 양부에게 마음속에 묻어둔 얘기를 꺼내려 했다. 그런데 정작 양부가 성우의 속내를 읽었는지 먼저 말을 붙였다.

"성우야! 아까부터 나를 슬슬 쳐다보며 눈치를 보곤 하는데, 너 내게 할 말이라도 있니?"

"뭐, 특별히 드릴 말씀은 없어요. 다만……."

"다만이라니? 할 말이 있긴 있구나. 뭣이든 말해봐. 망설이지 말고."

"예, 저는…… 보석광산이 궁금해요."

사실 성우는 '김 상무를 잘 살피고 경계하라'는 얘기를 하려고 했지만 막상 그 얘기를 하려니 용기가 나지 않았다. 그래서 보석광산 운운하며 딴소리를 했다.

"보석광산이 뭐가 궁금하냐? 지금 채굴 허가를 신청한 상태고, 허가가 떨어지면 채굴을 위해 인원과 장비가 투입될 것이고……. 아무튼 일이 순조롭게 진행돼가고 있어. 김 상무가 그 일을 맡아 하니 잘될 거야."

"그럼, 김 상무님이 보석광산의 책임자이신가요?"

"그래, 책임자지. 그러나 최고 책임자는 사장인 나야."

"김 상무님 말고 다른 사람은 그곳에 없나요?"

"물론 있지. 총무과 직원과 시굴을 준비하는 현장 기술자들이 몇몇 있지. 또 뭐가 궁금해?"

"이젠 궁금한 게 없어요. 사실은 김 상무님이 아줌마와 조 기사 등 여러 사람을 데려오는 게 약간 마음에 걸렸어요."

"너, 이제 보니 김 상무에 대해 불만이 있는 모양이구나. 너와 김 상무는 사이가 좋은 걸로 아는데……."

"아버지와 회사가 염려가 돼서 그래요."

"알았다. 성우야 이 애비도 네가 무슨 뜻으로 그런 얘기를 하는지 다 안다. 나도 생각이 있다. 이제 됐니?"

"네, 아버지."

양부가 퇴원한 이튿날, 양부가 성우를 불렀다. 성우는 무엇 때문인지 몰라도 양부의 부름은 언제나 긴장되는 일이었다. 양부는 거실이 아닌 안방에 있었다. 양모 없이 혼자였다. 성우가 꾸벅 절을 하자 양부는 늘 그렇듯 고개를 끄덕여 인사를 받는 둥 마는 둥 했다. 성우는 양부의 안색을 살폈다. 평소와 다름없어 꾸중들을 일은 아닌 것 같아 마음이 한결 놓였다.

"이리 와봐라."

"예, 아버지."

성우가 가까이 가자 양부는 휠체어에 앉은 채 윗도리 주머니에서 뭔가를 꺼냈다. 갈색 종이에 싸인 뭉툭한 것인데 양부가 그걸 성우에게 주면서 말했다.

"이걸 보이려고 너를 불렀어. 뭔지 펴봐라."

받아드니 보기완 달리 무게감이 느껴졌다. 성우는 양부의 면전에서 겹으로 싼 종이를 펴봤다. 처음 보는 회백색의 울퉁불퉁한 돌덩이 같은 것이 나왔다. 크기가 어린아이 주먹만 했다. 성우는 문득 보석광산에서 나온 보석이 아닐까 하고 생각을 했으나 투명하지도 않고 표면도 거칠어서 보석으로 보이지 않았다.

"어때, 뭔지 알갔어?"

"광석 같기도 한데…… 잘 모르겠어요."

"그래, 그냥 봐선 모르지. 이런 볼품없는 돌덩이를 누가 보석이라 하겠니? 성우야, 이게 백수정 원석이란다. 가공을 잘해 투명하게 만들면 보석이 되는 거지. 그리고 고운 색까지 넣으면 가격이 비싸지지. 색을 넣기가 쉽지 않지만 말이야."

성우는 보석이라는 말에 손에 든 백수정 원석을 새삼스레 살폈다.

"유리 같은 결정이 군데군데 박힌 걸 보니 보석 원석이 맞는 것 같아요."

"그래, 틀림없는 백수정 원석이지. 천 캐럿이 넘지만 큰 건 아냐. 값도 싸."

"아버지 값이 싸다고 하지만 보석 아니에요? 이 원석이 혹시 영월에 있는 그 보석광산에서 나온 건가요?"

"그래, 그곳에서 나왔어. 이 원석 때문에 보석광산에 손을 댔지. 이 원석이 발견된 곳이 산골 오지이긴 해도 광산 초입에 강이 있어

경관이 매우 좋아. 그 점도 감안한 거야."

"그럼, 휴양지도 될 수 있겠네요?"

"암, 보석광산에서 수익이 나면 휴양진들 못 만들겠니? 그렇지만 그건 훗날이야. 성우야! 이젠 가보거라. 그리고 그 원석은 네가 보관하거라."

"네에?"

"애초 너한테 줄 생각으로 보여준 거야."

"아버지……."

"군말 말고 가져가."

성우는 뜻하지 않게 원석을 받아 기쁘기도 하지만 한편은 부담스러웠다. 양부가 자신에게 귀한 원석을 주는 연유를 알 수 없었기 때문이었다. 그렇지만 양부의 말을 거스를 수 없다는 생각에 꾸벅 절을 하고 되돌아섰다. 성우는 방을 나가면서도 원석에 눈을 떼지 못했다. 그런 성우를 바라보는 양부가 흡족한 듯 미소를 지었다.

성우는 등교에 앞서 여느 때보다 용모와 옷차림에 신경을 썼다. 음악을 담당하는 선생님을 뵙고자 하는 까닭에서였다. 또 어제 양부에게서 받은 백수정 원석을 쓰리똘에게 보여주기 위해 도시락 가방에 넣었다.

4교시가 끝나고 점심시간이 되자 성우는 도시락 가방을 갖고 쓰리똘과 함께 후문 쪽에 있는 느티나무로 향했다. 느티나무 아래에서 점심을 먹는다는 건 성우나 쓰리똘 중에 누군가가 특별한 반찬을 가져왔다든지 아니면 그들끼리 나눌 얘기가 있다든지 하는 둘 중 하나였다. 특별한 반찬은 육고기나 햄 같은 고급스럽고 귀한 음식을 뜻했다. 물론 느티나무로 가자는 제의는 대개 성우가 하는 편이었고 특별한 반찬 역시 성우가 거의 조달했다. 그런 이유로, 특히 성우가 느티나무로 가자고 하면 쓰리똘은 먼저 성우의 눈치를 봤다. 그리고 낌새를 통해 특별한 반찬으로 짐작되면 지레 좋아들 했다. 그도 그럴 것이 성우가 돈 많은 부잣집 아들이니 성우가 가져온 좋은 반찬이나 먹거리에 기대를 갖는 건 당연지사였다.

성우가 느티나무 아래에 자리를 잡자 쓰리똘도 성우를 중심으로 둘러앉았다. 성우가 도시락 가방에서 비닐봉지에 담긴 큼직한 덩이를 꺼냈다. 쓰리똘의 눈길이 그 덩이에 쏠렸다. 검정 꿀콩이 듬성듬성 박힌 먹음직스런 백설기였다. 양부의 퇴원을 축하하기 위해 떡집에서 만든, 축하 떡으로 사용하고 남은 일부였다. 창대가 그걸 보곤 침을 꿀꺽 삼켰다. 먹고 싶은 건 봉수와 일주도 마찬가지였다. 자신들의 점심 도시락은 이제 뒷전이었다. 성우가 떡을 4등분으로 나누자 창대가 참기 어려웠는지 성급히 손을 뻗쳤다. 그 바람에 봉수와 일주도 덩달아 자기 몫의 떡을 챙기기 위해 손을 내밀었다. 남은 떡은 자연스레 성우 차지가 됐다. 성우는 떡 하나로 점심을 때우게 되었어도 쓰리똘에게 불만은 없었다. 언제나 그렇듯 특별한 반찬이나 먹거리를 가져올라치면 나눠 먹는 것을 당연히 여겼기 때문이다.

성우는 쓰리똘이 각자의 도시락을 비울 때를 기다려 도시락 가방에 넣어둔 백수정 원석을 꺼냈다. 그때 창대가 또 다른 먹거린가 싶어 힐끔 쳐다봤고 저만치에 있던 봉수와 일주도 뭔가 싶어 성우 곁으로 왔다. 쓰리똘이 관심을 보이자 성우는 갈색 포장지를 벗겨 백수정 원석을 보여줬다.

"대장! 그거 먹는 건 줄 알았는데 이상하게 생긴 돌이네?"

창대의 말에 성우는 실소했다. 백수정 원석을 먹는 걸로 알았다니……. 성우는 불현듯 창대가 묵호에 살 때 먹보였던 만식이보다 더한 놈이라는 생각이 들자 웃음이 나왔다.

"왜 웃는 거야?"

"너! 갑자기 실성했냐?"

"실성한 게 아니고 창대 말이 우스워서 그래. 이걸 먹는 걸로 착각하다니, 하여간 창대의 식탐은 알아줘야 돼."

"야! 식탐이고 뭐고 점심시간이 얼마 남지 않았어. 그게 뭐야?"

"알았어. 1분이면 족해. 홍보할 시간을 줘. 이건 백수정 원석인데 일종의 보석이야. 이것 땜에 아버지가 영월에서 보석광산을 하게 됐지."

"그으래? 이렇게 허여멀쑥하고 뭉툭한 게 보석이라니. 난 처음 본다."

"나도 첨 봐. 만져도 돼."

"그럼, 모두 만져봐."

쓰리똘은 호기심에서 저마다 백수정 원석을 만져보고 이리저리 살폈다.

"너희들 감상이 어때?"

"감상이라니! 부러워 죽겠다, 야."

"이것 팔면 집 한 채 살 수 있냐?"

"모르겠어. 그렇지만 광산이 잘되면 한 턱 단단히 낼게."

"한 턱으로 되겠어? 대장이 나중 보석광산 사장이 될 텐데. 그때 우리를 모른 척 안 하겠지?

"모른 척하다니, 너희 모두에게 돈 보따리를 안길 거야."

"정말이지?"

"약속 붙들어 매도 돼?"

"너희들, 내가 언제 식언하는 걸 봤어? 나를 믿어."

"그래, 대장을 안 믿으면 누굴 믿냐. 나는 대장을 위해 분골쇄신 하련다."

"야! 봉수, 뜬금없이 분골쇄신이 뭐야. 동귀어진이야."

"자식들, 무협지 본 건 있어 가지고……. 우리 사총사는 의리와 우정을 빼면 시첸데 믿고 안 믿고 어디 있어? 대장이 어련히 알아서 한다고 했으니 박수 한번 쳐주자."

"그래, 좋아."

짝 짝 짝. 중똘인 일주의 충동질에 성우는 졸지에 박수를 받게 되어 황당했다. 하지만 기분이 나쁠 리 없었다.

"너희들 하는 짓거리를 보니 내가 꼭 보석광산 사장이 돼야겠네. 내가 보이지 않으면 보석광산에 있을 테니 그렇게 알아."

"알았어. 보이지 않으면 그때 우리가 찾으러 갈게."

"그때는 그때고, 수업시간 다 됐어. 짱돌(선생)이 찾으러 오기 전에 빨리 가자."

봉수의 말에 모두 와! 하고 웃었다. 그리고 그게 신호였다. 넷은 누가 먼저라 할 것 없이 교실을 향해 뜀박질했다. 빈 도시락과 수저가 부딪쳐 딸그락거리는 소리가 요란했다.

겨울로 가는 12월 초순, 양부의 마흔일곱 번째 생신을 며칠 앞두고 백수정 채굴을 해도 좋다는 허가가 났다. 성우는 허가가 난 사실을 양부가 아닌 가정부 아줌마로부터 들을 수 있었다. 물론 고대하던 일이어서 기뻤지만 정작 아줌마가 더 기뻐했다. '이런 때 조 기사가 집에 있었으면 술이라도 한잔하는 건데' 하면서 들뜨기까지 하는 걸 보면 괜히 기뻐하는 것 같진 않았다.

"아주머니께서도 광산 허가가 나서 기쁘신가 봐요?"

"암요, 기쁘다마다요. 그간 얼마나 조바심 했는데 이제 한시름 놨어요."

"그래요 저도 기뻐요. 그런데 아주머닌 허가가 났다는 걸 누구에게 들었어요?"

"조 기사에게 들었어요. 물론 김 상무님이 말해줬을 테지만……."

"그렇군요. 부모님께서 아침 일찍 영월에 가신 것도 그 때문이네요. 아마 지금 쯤 김 상무님을 만나셨을 텐데 매우 기뻐하시겠어요."

"그럼요. 얼마나 기쁘시겠어요."

"광산에 계신 직원들과 잔치라도 벌이지 않겠어요?"

"도련님! 어디 그 사람들뿐이겠어요. 최초 발견자도……."

그때 누나 순영이 주방에 들어오는 바람에 아주머니는 더 이상 말을 않고 입을 다물었다. 순영 누나를 의식한 듯했다. 순영이가 주방에 온 것은 저녁 식사 때문이었다. 성우 역시 저녁을 먹기 위해 주방에 온 터라 순영 누나와 모처럼 자리를 같이했다.

순영은 고등학생이 된 뒤로 어쩐 일인지 활달하던 성격이 차분해지고 말수도 부쩍 줄었다. 그리고 혼자만의 시간을 갖는 일이 잦아 온종일 볼 수 없을 때도 많았다. 그렇다 보니 같은 2층에 기거해도 순영과 마주치는 일이 드물었고, 혹 마주쳐도 말을 붙이기가 왠지 어색했다. 그런 가운데 순영 누나에게서 전에 없이 여성스러움을 느꼈다. 그건 질 좋은 크림이나 코티분 같은 화장품 냄새와는 별개의, 소녀에서 여인으로 변모하는 성숙의 증좌일 수 있었다.

성우는 비록 두 살 차이지만 스스럼없이 대해주고 이해심 깊던 순영 누나가 차츰 자신에게서 멀어진다고 생각하니 마음이 울적했다. 잊고 지낸 외로움이 고개를 내밀었다. 그나마 멸시의 눈길을 보내던 은영이 사뭇 달라졌다는 것이 성우에게 위안이 아닐 수 없었다. 성우도 이제 순영 못잖게 심신이 훌쩍 자랐다. 본인이 그걸 아는지 모르겠지만.

"누나, 키가 어떻게 돼?"

"생뚱맞게 키는 왜 물어?"

"키가 큰 것 같아서 물어본 거야."

"별꼴이야. 그래, 커 보여? 너보다 작잖아 유감스럽게도……."

주방 한쪽에서 아주머니가 채소를 다듬다 말고 넌지시 한말씀 했다.

"여자는 키가 크면 쓸모없어요. 억세 보이고, 시집가기도 힘들어요. 여잔 자고로 엉덩이가 커야지 그래야 애도 쑥쑥 낳고 사랑을 받아요."

웃자고 하는 소리로 같아 성우와 순영은 마주보며 킥킥거렸다. 성우는 이렇듯 소소한 웃음일망정 순영 누나와 둘이서 웃는 것이 얼마만인가 싶었다. 성우는 새삼스럽게 순영 누나를 바라봤다. 예쁜 얼굴은 아니지만 맑은 피부에 눈매가 부드러웠고 웃을 때 볼에 보조개가 생기는 것이 선한 인상에 매력을 더했다.

"뭘 그렇게 쳐다봐! 밥이나 먹어."

"알았어. 자주 못 봐서 쳐다본 거야."

"자주 봐서 뭐 해? 공부는 언제 하고……. 내가 대학 들어가면 네가 싫증이 나도록 볼 텐데 너도 고등학생이 돼봐. 공부가 첩첩산중이라서 누굴 보기나 하겠어?"

"이제 보니 누난 공부 땜에 늘 오리무중이었군."

"옳은 소리. 하지만 너에 대한 마음은 언제나 변함이 없어. 성우 너도 마찬가지일 테지?

"물론이지. 나는 잠잘 때 빼곤 언제나 누날 생각해."

"또 헛소리……. 성우 군! 밥 다 먹었으면 빨리 일어나세요."

성우는 은근히 기분이 좋아졌다. 이 순간만큼은 마음속에서 떠돌던 울적하고 고립된 요소들이 말끔히 사라졌다. 성우는 앞으로도 지금처럼 순영 누나와 얘기를 나누고 웃는 일이 많아지기를 진정 바랐다. 그렇지만 순영 누나의 얼굴을 볼 수 없는 날이 계속되는 한, 바람은 무력한 소망임을 그 자신 모를 리 없었다.

순영이 식사를 끝내고 주방을 나간 뒤에도 성우는 식탁에 남았다. 순영 누나가 나타나는 바람에 아주머니에게서 듣다 만 얘기를 마저 듣고자 해서였다. 그리고 '최초 발견자'라면 백수정 원석이나 보석광산을 발견한 사람으로 짐작되는바, 아주머니가 굳이 그 '최초 발견자'를 언급한 점도 궁금했다.

성우가 주방을 나갈 기미를 보이지 않자 아주머니가 말을 걸어왔다. 채소 다듬는 일을 끝냈는지 물기를 닦는 수건을 쥔 채였다.

"도련님! 저녁 식사가 부족해서 그래요? 과일이라도 드실래요?"

성우는 어떻게 말을 꺼낼까 기회를 보던 참이었는데 잘됐다 싶어 곧 말을 받았다.

"아녜요. 부족하지 않아요. 사실은 아까 듣다 만 '최초 발견자도'의 뒷말을 듣고 싶었어요. 그래서 이렇게 있어요."

"그게 뭐가 중요하다고 별 게 아닌데……."

"별 게 아니라도 좋아요. 제가 그 백수정 원석을 갖고 있거든요."

"그래요? 참……. 허투로 한 말인데 그걸 새겨듣다니……."

아주머니가 의외로 신중히 굴자 성우는 멋쩍어졌다. 그렇지만 뒷말은 꼭 듣고 싶었다. 그래서 의도적으로 양부를 내세웠다.

"저는 쾌히 말해주실 줄 알았는데……. 내켜하시지 않으니 어쩔 수 없네요. 나중 아버지가 오시면 여쭤봐야겠어요. '최초 발견자'가 누군지……."

그 말이 효과가 있었다. 아주머니의 태도가 달라졌다.

"도련님도 어지간하시지……. 도련님과 무관한 얘기이고 조금 복잡해서 얘기 안 하려고 한 것뿐인데……. 정 원하시니 얘기하겠어요. 그러나 그전에 한 가지 묻고 싶어요. 도련님은 어느 편이야요?"

이건 또 무슨 엉뚱한 소린가 싶었지만 성우는 아주머니가 또 딴소리를 할까 싶어 얼른 대답했다.

"편은 무슨……. 저는 누구 편도 아닌 오직 제 편입니다."

"그래요? 그것 참 다행이네요."

성우는 당혹스러웠다. 아주머니가 '누구 편이냐'고 묻는 것도 그렇고 또 '다행이네'라는 것도 어떤 의도에서 한 말인지 통 알 수가 없어서였다. 그런 중에 문득 생각이 미치는 게 있었다. 아주머니가 김상무로부터 들었는지 몰라도 자신이 입양된 양자라는 걸 알고 있지 않나 하는 점이었다. 물론 추측이긴 해도 그럴 성싶었다. 그게 맞다면 아주머니가 누구 편이냐고 묻는 의도를 알 수 있을 것 같았다. 양부 편이냐 김 상무 편이냐를 알기 위함이 아닐까 하는…….

아주머니의 안색이 조금 펴졌다. 그러나 이렇다 할 말이 없었다. 성우는 아주머니와 신경전을 벌이는 것이 싫어 그만 주방을 나갈까 하는 차에 아주머니가 입을 뗐다.

"조 기사가 내 사촌동생이야요."

뜬금없는 말이었다. 하지만 그 말에 이어 아주머니가 술술 얘기했다.

"영월 구룡산 기슭에서 옥수수와 감자 농사를 지으며 사는 삼촌네가 있어요. 어느 날 삼촌이 화전을 일구다 물이 고인 샘터에서 유리 조각들이 박힌 허연 돌 하나를 발견했어요. 신기해서 집으로 가져왔는데 마침 태백에서 탄차(트럭)를 몰던 아들이 집에 왔기에 그 허연 돌을 보여줬더랬어요. 아들은 보석이 아닐까 해서 그걸 갖고 감정차 서울에 오게 됐어요. 그 아들이 바로 조 기사예요."

"조 기사라면 지금 아버지 차를 모는 기사님 아녜요?"

"그래요, 도련님."

"그럼 조 기사님이 허연 돌이 백수정 원석이라는 걸 감정을 받고 나서 어떻게 했나요?"

"누나인 내게 가져왔지요. 그리고 원석을 보여주면서 '보석이긴 하나 색을 넣을 수가 없어서 돈 될 만한 것은 아니다'고 하면서 매우 아쉬워했어요. 그때 마침 김 상무님이 계셔서 원석을 보여줬더니,

하시는 말씀이 '색을 넣을 수가 없다고 해서 백수정의 가치가 떨어지는 건 아니다'면서 대량 채굴만 할 수 있다면 큰돈을 벌 수 있다고 하셨어요. 그리고 '원석을 발견한 곳에 가보고 싶다'해서 조 기사가 김 상무님을 모시고 그곳까지 길 안내를 했더랬어요. 나중 김 상무님이 원석을 발견한 곳을 보시곤 광맥을 잘 아는 기술자를 데려다 조사를 했고, 그 결과 원석의 질도 좋고 매장량도 상당하다는 것까지 확인했어요."

아주머니의 얘기는 거기까지였다. 성우 역시 더 안 들어도 그만이었다. 그 다음은 김 상무가 양부를 설득해 백수정 광산을 하게끔 한 건 아주머니가 말해주지 않더라도 익히 짐작할 수 있었기 때문이다.

"그런 일이 있었군요."

"도련님! 이제 궁금증이 풀렸어요?"

"예, 풀렸어요. 그런데 아주머닌 저더러 어느 편이냐고 왜 물으셨어요?"

"그건 그냥 해본 소리야요. 염두에 두지 마세요."

성우는 주방을 나서면서도 미진한 마음이 없진 않았다. 그러나 생각은 다른 데 있었다. 신중하고 계산적인 양부가 김 상무에게 설득당해 광산을 하게 된 동기가 무엇이냐였다. 물론 양부가 일전에 백수정 원석이 발견된 곳에 강도 있고 경관이 수려하다고 말한 적이 있지만 그건 어디까지나 부차적인 것이고 직접적인 동기는 될 수 없었다. 단순 생각하면 백수정 광산을 하면 큰돈을 벌 수 있다는 판단에서였겠지만 그 역시도 김 상무의 감언이설이나 부추김에 비롯된 것일 수 있었다. '양부가 정말 백수정 광산을 하고 싶어 했을까?'

후에 밝혀졌지만 양부가 백수정 원석을 채굴하는 데 있어서 조건이 따랐다. 조 노인의 아들을 양부의 회사에 취직시켜주는 것과, 백수정 원석이 발견된 조 노인의 밭뙈기(화전)를 후한 값에 사준다는 것 등이었다. 그런 조건들을 거중에서 타결 지은 건 물론 김 상무였다. 그런데 무슨 이유인지 몰라도 조 노인의 아들 취직 자리가 양부의 자가용 운전수로 낙착된 건 납득이 가지 않는 일이었다.

# 4

양부가 생신을 맞았다. 마침 공휴일이어서 가족이 모두 한자리에 모일 수 있었다. 생신에 선물이 빠질 리 없었다. 순영 누나와 은영이 각기 고급스런 커프스 링크와 넥타이를 선물했고 성우도 틈틈이 모은 용돈으로 마련한 던힐 가스라이터를 양부에게 드렸다. 그리고 성우는 가외로 특별한 선물까지 마련했다. 특별한 선물은 노래였다. 노래는 지난번 양부와 김 상무 앞에서 선뵌 푸치니의 〈오 사랑하는 나의 아버지〉인데, 군인 성악가에게서 미처 배우지 못한 부분을 학교 음악선생에게 배워 전곡을 다 부를 수 있었다. 양부의 생신을 축하하기 위해 부른 그의 노래는 양부를 비롯한 가족뿐만 아니라 그 자리에 있던 가정부 아주머니와 조 기사로부터도 열렬한 박수와 갈채를 받을 만큼 큰 감흥을 불러 일으켰다. 학기 초 음악선생님을 뵙고 〈오 사랑하는 나의 아버지〉 노래를 배우고자 한 건 오로지 양부를 기쁘게 하겠다는 일념에서였는데 이로써 성우의 소박한 효심은 이루어진 셈이었다.

오후 들어 간간이 이는 바람과 함께 눈발이 비쳤다. 날씨가 푸근해 쌓이지는 않겠으나 본격적인 겨울을 앞두고 내리는 첫눈이어서 사람들은 '서설'이라고 했다. 그리고 '서설'이라는 말은 양부의 생신을 축하차 온 내방객들이 축하의 인사에 곁들여 하나같이 입에 올리는 말이기도 했다. 내방객은 대부분 양부의 회사에 적을 둔 회사 임원들이었지만 백수정 광산 책임자인 김 상무의 모습은 끝내 볼 수 없었다. 성우는 김 상무가 오건 말건 관심 쓸 일은 아니어도 김 상무가 가정부 아주머니와 조 기사와 합세해 양부에게 해를 입힐지 모른다는 우려는 여전히 지니고 있었다.

성우는 근자에 김 상무를 잠깐 보았다. 한 열흘 전이었을까, 업무차 왔겠지만 양부의 자가용에서 내리는 김 상무를 보고 인사를 하자 김 상무가 미소를 띠고 "그간 잘 있었어?" 하고 간단히 반기는데 신수가 훤했고 태도도 여유로웠다. 그때 성우는 '사람이 출세하면 달라 보인다고 하던데 빈말이 아니구나' 하고 생각하면서 내심 씁쓰레했다. 사실 성우는 김 상무를 언제부터 싫어했는지, 왜 싫어하는지를 누가 묻기라도 한다면 딱히 대답할 말이 없었다. 그간 양부의 집에서 수년을 함께 지내는 동안 둘 사이가 틀어질 만한 어떤 갈등이나 다툼도 없었기 때문이다. 그럼에도 성우가 김 상무를 미워하는 건 자신이 입양아라는 점에서 비롯된 콤플렉스에 기인한다고 볼 수 있었다. 만약 그럴진대 김 상무만 없다면 성우 자신이 완전한 이 집의 아들이 될 수 있는데 김 상무가 그 점에 있어선 걸림돌일 테고, 그 걸림돌에 대해 막연한 미움과 질시를 갖는 건 성우로선 도리 없는 일일 것이다.

눈은 두세 시간쯤 흩날리다 그쳤다. 내방객도 더 이상 발걸음하지 않았다. 시끌벅적하던 집안이 평상으로 돌아왔다. 겨울의 문턱이라 어둠도 일찍 깃들었다.

저녁 식사 후, 생일 치레로 술기가 여전한 최중대가 본연의 자식들인 순영과 은영, 그리고 양자인 성우를 불렀다. 최중대에게 불려온 셋은 무슨 영문인가 싶었지만 최중대에게서 봉투를 하나씩 받고 나서야 자신들이 불려온 이유를 알게 되었다. 봉투엔 뜻밖에도 돈이 들어 있었다. 그것도 생각 외로 많은, 최중대가 특별 용돈이라고 했다. 아버지의 깜짝 선심에 셋은 못내 기쁨을 감추지 못했다. 최중대 역시 자식들의 기쁨은 곧 자신의 즐거움이라는 듯 흐뭇해하긴 마찬가지였다. 그리고 돌아서는 자식들을 향해 '서로 도우며 우애 있게 지내라'는 당부로 자신의 생일 이벤트를 마무리지었다. 참으로 의미 있는, 좋은 날이었다. 성우에게 있어선 더할 수 없이 꿈꾸기 좋은 밤이기도 했다.

❊ ❊ ❊

널찍한 바위 위를 거닐다 앞이 탁 트인 바위 끝에 이르러 움칫했다. 아래가 천길 낭떠러지였기 때문이다. 가슴이 서늘했다. 주변을 새삼 살폈다. 트인 앞쪽, 천길 낭떠러지 쪽을 제외한 삼면이 높다란 바위벽에 둘러싸인 막힌 공간임을 깨달았다.

바위벽은 어느 한 곳도 돌출되지도 울퉁불퉁하지도 않고 대리석마냥 표면이 매끈했다. 유리벽과 다름없었다. 이곳을 나갈 방도가 없다는 판단에 낭패감에 휩싸였다. 그런 중, 드나듦이 불가능한 이런 곳에 '내가 왜 있게 되었나'를 생각했으나 도무지 기억 밖이었다. 그때 한 가닥 바람이 일었다. 바위벽 한구석에서 무엇이 불쑥 허공에 떴다가 빙글 하고 떨어졌다. 뭔가 싶어 구석으로 가봤다. 눈에 띈 건 붉은색과 푸른색으로 된 두 개의 꽃병 옆에 떨어져 있는 신문 조각이었다. 크기가 손바닥만 한 신문 조각은 오래됐는지 바래서 손에 쥐면 부스러질 것 같았다. 호기심에서 엄지와 검지를 이용해 조심스럽게 집어 들었다.

신문 조각은 아래쪽 기사 몇 줄을 제외하곤 전체가 사진이었다. 사진은 컬러였다. 언뜻 누군가가 사진 부분이 필요해 그 부분만 오린 것처럼 생각됐다. 사진에는 머리칼이 길어 여성으로 추정되는 한 명과 다른 세 명의 남자가 함께 찍혀 있었다. 신문 조각이 특이한 건 테두리 외엔 지면 상태가 좋아 들여다보는 것만으로 글씨는 물론 사진 속의 형상을 뚜렷이 분별할 수 있다는 점이었다. 네 사람은 모두 젊은이처럼 보였다. 그리고 하나같이 하의는 검은색 바지, 상의는 희거나 혹은 줄무늬가 든 소매가 긴 셔츠 차림인데, 옷이 찢겨지고 흐트러져 의구심을 갖게 했다.

엄밀히 말하면 그들은 산사람이 아니었다. 그들은 죽은 상태였고 사진은 이미 백골화가 진행된 사람들의 모습을 찍은 것이었다. 사진 속에서 비스듬히 쓰러져 죽어 있는 사람들……. 아! 그런데 예사롭지 않은 건 이곳 벽 구석에 있는 두 개의 꽃병을 빼 닮은 꽃병들이 사진 속, 죽은 사람들의 머리맡에 놓여 있다는 것이다. 장미와 비슷한 몇 송이의 꽃이 꽂혀 있다는 것 외는 모양새와 붉고 푸른 색깔마저 똑같은……. 우연일까. 만약 우연이라면 어쩐지 낯익은 듯한 사진 속의 주변도 일종의 기시감일 수 있었다

그러나 결코 우연이 아니었다. 사진 속의 꽃병 곁, 눈여겨보지 않으면 모를 만큼 바닥의 무슨 무늬처럼 생긴 것이 신문의 한 조각임을 알았을 때 모든 게 명백해졌다. 사진 속의 장소는 바로 이곳이었다. 두 개의 꽃병과 신문 조각마저도 동일한, 다만 신문의 지면은 다르겠지만…….

뒤늦게 공포감에 사로잡혔다. 내가 지금 밟고 선 데가 죽은 자들이 누웠던 자리라니……. 생각만으로도 몸이 오싹했다. '그들은 왜 죽어야 했는지' '시체들은 어떻게 되었는지' 등의 의문은 이제 뒷전이었다. 어떻게 하든 이곳을 벗어나야겠다는 마음 외에는 이것저것 생각을 할 겨를이 없었다. 그런데 급한 마음과는 딴판으로 웬일인지

발이 떼어지지 않았다. 다리가 굳지 않는 한 발은 떼어지게 마련인데 참으로 이상한 일이었다. 수 차 발을 떼려고 했으나 시도는 헛된 용씀에 불과할 뿐 꿈쩍도 하지 않았다. 바닥에 달라붙은 발, 그렇지만 이곳을 벗어나야겠다는 의지만은 여전했다.

그 의지가 종내 통했는지 아니면 다른 이유 때문인지 몰라도 시간이 어느 정도 지나 꽃병들이 놓인 벽 쪽에서 기계음 같은 윙윙 하는 소리가 났다. 그리고 그 소리를 감지한 그때, 예상치 않게도 벽 일부가 미닫이문처럼 열렸다. 벽 가운데에 문이 있다니 신기한 노릇이었다.

안에서 누군가가 모습을 내보였다. 나이가 꽤 든 어떤 노인이었다. 광대뼈가 불거지고 눈이 우묵한 마른 얼굴이긴 해도 혐오스럽거나 고약한 인상은 아니었다. 단지 키가 140센티가량이어서 노인 치곤 매우 작다는 느낌은 지울 수 없었다.

그 노인이 낙심천만한 나를 잠깐 쳐다보더니 오라는 손짓을 했다. 곤경에 처한 나는 그 손짓에 응할 수밖에 없었다. 그 순간 발이 자연스레 떼어졌다. 이때껏 바닥에 붙어 요지부동이던 발이었는데……. 노인의 출현으로 발이 떼어졌다는 점에서 노인에 대한 경계심이 누그러졌다.

노인의 손짓에 응해 벽 속으로 들어갔다. 안은 굴처럼 생겼어도 인공적인 통로였다. 그러나 통로 치고는 꽤나 좁아 사람 하나가 겨우 다닐 수 있는 정도였다. 노인은 다리를 약간 절었다. 그러나 보행에는 그다지 지장이 없어 보였다.

얼마 가지 않아 통로의 끝이 드러났다. 통로를 벗어나니 시야가 훤했다. 넓게 조성된 광장 같은 곳이었다. 노인은 곧장 광장 한가운데 있는 푸른색의 한 건물로 나를 이끌었다. 그러고 보니 노인이 입은 옷도 위, 아래 모두 푸른색이었다.

건물은 공판장으로 짐작되었다. 그러나 진열된 물건은 흔히 볼 수 있는 채소와 과일, 곡류 등의 식품과 옷과 생필품 등 갖가지여도 수량이 적었고 허술했다. 종사원인지 물품 구입자인지 모를 몇몇 사람이 눈에 띄었다. 노인 외의 사람들이었지만 특이한 건 노인과 마찬가지로 키가 꽤나 작다는 것이다. 그렇다고 얼굴이 크고 팔과 다리가 짧은 난장이는 아니었다. 몸 전체가 균형있게 작다는 게 적절했다.

노인은 차를 조금 산 뒤 다시금 건물 밖으로 나왔다. 나도 그 뒤를 따랐다. 노인이 재차 걸음한 곳은 공판장을 가운데 두고 빙 둘러선 푸른 집들 중 하나였다. 집은 처마도 낮고 외형적으로 작아 보였다. 사람이 작으니 집도 작을 수밖에 없다고 생각했지만 정작 그들이 왜 이런 곳에 살아야 하느냐에 대해선 의문이 드는 건 어쩔 수 없는 일이기도 했다.

그 집은 노인의 거처였다. 집 안은 텅 빈 듯 썰렁했다. 세간도 없다시피 했다. 방 한구석에 놓인 얇은 이부자리와 옷가지 몇 벌, 조리

용 냄비와 그릇 몇 개, 의자가 딸린 둥근 탁자가 전부였다. 노인은 혼자 사는 것 같았다.

노인이 의자를 내주며 앉기를 권했다. 노인이 그제야 말문을 텄다.

"보아하니 외지인 같은데 어찌하여 그곳에 있었소? 혹 '사치'를 잡수진 않으셨소?"

노인은 내게 공대를 했지만 자못 추궁조였다. 물음 자체도 나를 곤혹케 했다. 나 역시 그곳에 왜 있었는지는 모르는 일이기 때문이다.

"저도 모르는 일입니다. 제가 왜 그곳에 있게 되었는지……."

"그래서 그대에게 사치를 잡숫냐고 묻지 않았소?"

"사치가 뭔지 모릅니다. 모르는데 어찌 먹습니까?"

나의 반문에 노인이 고개를 갸웃했다. 노인도 당혹해하는 기색이었다.

짧은 침묵 끝에 노인이 새로이 물었다.

"그렇다면 화수도인을 압니까?"

'화수도인'이라니 이건 또 무슨 영문인가 싶었다.

"모릅니다. 노인장께선 무슨 이유로 그 화수도인과 저를 연관시켜 묻는 것입니까?

그러자 노인이 나를 빤히 보더니 혼잣말처럼 중얼거렸다.

"사치도 먹지 않았다. 물론 사치를 먹었으면 지금 이 자리에 없을 테지……. 화수도인도 모른다. 이거 참, 알 수 없는 일이네. 옷차림과 말씨를 보니 외지인이 분명한데…….”

내가 입을 떼지 않을 수 없었다.

“노인장! 그러지 말고 여기가 어떤 곳인지 말해주실 수 없나요? 서로 얘기를 나누다 보면 뭔가 실마리가 풀리지 않겠어요?”

노인도 내 말에 수긍했다.

“나도 그럴 마음이었소. 그대가 외지인이라고 여기고 몇 말씀을 드리지요. 여기는 단순히 ‘소인마을’이라고 불러요. 우리 스스로가 지은 이름이 아니고 우리를 지배하는 옆 마을 사람들이 제멋대로 붙인 이름이에요. 그들은 우리보다 체구가 월등해요. 그래서 우리는 그들을 대인이라고 칭하지만 그래봤자 바깥세상에서는 평균 정도에 지나지 않겠지만. 본래는 소인이니 대인이니 하는 구별이 없었어요. 모두가 한 마을에 살았지요. 그런데 어느 날 화수도인이라는 한 외지인이 마을에 오고서부터 모든 게 달라졌어요. 그 첫 번째가 대인은 대인끼리 소인은 소인끼리 분리해서 같은 마을에서 살 수 없도록 했어요. 그리고 화수도인은 ‘소인은 열등하고 비천하니 대인이 시키는 대로 하라’고 엄명해서 지금은 소인 대부분이 대인마을에 가서 종살이를 하는 처지가 됐어요.”

그쯤에서 한마디 안 할 수가 없었다.

“어쩌다 그런 일이……. 그 화수도인이 대체 뭐길래 그의 말에 복종해야 하나요? 광명천지, 이런 문명사회에서 말입니다.”

"모르시는 말씀. 그 화수도인의 도력이 얼마나 뛰어난데요. 오랜 고질병도 고치고 반쯤 죽은 사람도 살리는 걸 내 눈으로 똑똑히 봤어요. 그것만이 아녜요. 앞으로 닥칠 일까지 족집게처럼 맞추니 의심의 여지 없이 도인이 맞아요. 참 투기도 사람의 경지가 아녜요."

"투기라니, 그건 무슨 말씀이신가요?"

"나무젓가락을 칼처럼 던지는 기술이에요. 멀리서도 파리를 명중시킬 만큼 그 솜씨가 자못 신통하기 짝이 없어요."

성우는 노인의 말에 불현듯 김 상무가 생각났다. 김 상무 역시 나무젓가락으로 물체를 잘 맞춘다는 것을 양부로부터 들은 기억이 있어서였다. 그렇지만 노인에게 굳이 김 상무의 얘기를 할 필요는 없었다.

"그렇군요. 암튼, 그런 신통력이나 투기 때문에 화수도인의 말을 거스를 수 없게 되었다는 거네요."

"물론이오. 또 하나는 외지와 왕래하고 상업적 거래를 하는 데 있어서도 지리적으로 대인의 마을을 통해야만 가능하니 꼼짝없이 따를 수밖에 없지요. 그리고 근자에 들어서는 화수도인의 명을 어긴 자나 무단 침입자에 대한 처벌이 한층 엄중해져 더욱 그러하지요. 특히 무단 침입한 외지인은 예외 없이 목숨을 앗아버리니 화수도인에 대한 무서움은 이루 말할 수 없어요."

듣고 보니 '무단 침입자'라는 말이 마음에 걸렸다. 내 경우인가 싶기도 해서 노인의 안색을 살피며 슬쩍 말을 돌렸다.

"왜 외지인이 목숨을 무릅쓰고 무단 침입을 할까요. 무슨 특별한 이유라도 있나요?"

"그야 있지요. 화수도인이 은밀히 재배하는 화수꽃 때문입니다. 화수꽃엔 사람을 미혹하게 하는 성분이 내포되어 있어서 소량만 섭취해도 세상천지에 비할 수 없는 황홀경을 맛본다고 합니다. 그래서 화수꽃을 절취하기 위해서 외지인이 무단 침입한다고 볼 수 있습니다. 그렇지만 그 화수꽃을 과량 섭취하면 사람이 본성을 잃어버리고 횡설수설하거나 혹 죽기도 하니 애초에 멀리할 파멸의 꽃이 아닐 수 없습니다."

"그럼, 노인장이 아까 저더러 사치를 먹었느냐고 물으셨는데 그 사치는 또 무엇입니까?

"사치는 화수꽃의 잎과 줄기입니다. 말이 나왔으니 하는 말입니다만, 외지인이 무단 침입하다 잡히면 예외 없이 화수도인에게 끌려가 취조를 받습니다. 그다음 화수도인은 한결같이 '나쁜 기운을 마을에 퍼뜨리려고 잠입했기에 마땅히 죽여야 한다.'는 결정을 내립니다. 그리고 그 증거로 그 외지인 침입자가 횡설수설하는 정신이상의 모습을 마을 주민들에게 보여줌으로써 죽임을 정당화한다는 겁니다. 물론 화수도인이 마을 주민 몰래 외지인 침입자에게 사치즙을 먹였을 테지만……."

"그렇다면 이런 살인 행위를 왜 외부에 알리지 않습니까? 그 화수도인을 경찰에 신고해서 처벌받도록 하는 게 옳지 않습니까?"

"난들 그런 생각을 왜 안 했겠어요. 그렇지만 살인이 은밀히 이루어지는 데다 경찰에 신고해봤자 화수도인과 경찰 간에 무슨 커넥션이라도 있는지 경찰이 약물 과용으로 인한 자살로 처리하니 신고가 무슨 소용이 있겠어요?"

"그런 사정이 있군요. 그런데 아까 동굴 밖에서 죽은 사람들의 모습이 찍힌 신문 조각을 봤어요. 그건 어떻게 된 것이지요?"

"그건 가짜예요. 사이비 신문기자가 화수꽃을 얻기 위해 조작한 것에 불과합니다. 자초지종은 좀 있다 말씀 드리겠습니다. 입이 말라 차를 마셔야겠네요. 찻물을 끓일 테니 잠시만 계세요."

노인은 일방적으로 양해를 구하고선 의자에서 일어났다. 손님의 처지여서 노인의 말을 따를 수밖에 없었다. 꼼짝없이 자리에 앉아 노인의 하는 양을 지켜봐야 했다. 노인이 방 한구석에서 차를 끓이느라 딸그락거렸다. 그 소리 외엔 사방이 쥐 죽은 듯 조용했다. '소인들이 대인마을에 가서 종살이한다'는 노인의 말이 맞는 것도 같았다.

노인이 그새 차를 끓였는지 작은 사발에 차를 담아 가져왔다. 차 색깔이 푸르스름했다. 노인이 기운을 북돋워주는 차라며 은근히 자랑을 했다. 노인의 권유로 차를 조금 맛봤다. 그런데 차맛이 이상했다. 차라기보단 고기육수 맛에 가까워서였다. 그렇잖아도 사치즙을 넣었는가 싶어 꺼림칙했는데 더 이상 차를 마시고 싶지 않았다. 하지만 노인은 홀짝홀짝 잘도 마셨다.

"차가 입맛에 맞지 않나 보네요. 내가 두루미로 보이나요?"

차 그릇을 비운 노인의 가벼운 농담에 내가 노인의 성의를 생각해 차를 두어 모금 더 마셨다. 차는 여전히 입에 맞지 않았다.

"아녜요. 제가 생각이 짧은 여우였던 것 같습니다. 익숙한 맛이 아니어서 그렇습니다."

"솔직한 분이군요. 그럼 가짜 신문에 대해 말씀해드릴까요?"

"예, 듣고 싶습니다."

생면부지의 노인이 이젠 동네에서 가끔 보는 노인처럼 느껴졌다.

"나는 사실 장의사예요. 즉 시체를 처리하는 사람이라고 하는 편이 옳아요."

뜻밖이었다. '이렇듯 범소한 노인이 시체를 처리하는 사람이라니…….' 그렇지만 본인 스스로의 말이니 믿을 수밖에 없었다. 예사롭지 않다는 생각에서 노인이 달리 보였다. 마음을 놓아선 안 되었다.

"그렇다 해서 나쁘게 생각지 마세요. 모두 화수도인에게서 부여받는 임무일 뿐이에요. 허험!"

노인이 계속 말을 이었다.

"시체를 처리하는 일도 대인들의 종살이로 보면 돼요. 그들이 어디 이런 송연(悚然)한 일을 하겠어요? 화수도인이 내게 이 일을 맡긴 것도 그 때문이에요. 물론 일에 따른 편의도 있지요. 가끔 시체를 치우고 제를 올리는 것 외엔 내 집에서 종일 있어도 되니, 나로선 상등 직업이 아니겠어요? 물론 시체가 발생하면 손수레에 실어 장의터까지 가져오는 게 힘들고 고약하긴 해도……. 시체 처리는 가져오는 것으로 끝나는 게 아녜요. 장의터에서 망자에 대한 간략한 제를 올려야 하고 또 매일 살펴야 하고 그러다 7일째가 되면 그 시체를 절벽 아래로 떨어뜨립니다. 그러면 시체 처리가 모두 일단락됩니다. 시체는 절벽 구덩이에서 풍장을 통해 서서히 소멸되는 것이지요."

"말씀을 듣고 보니 남다른 일을 하시는군요. 그렇다면 가짜 신문에 난 시체들도 노인장께서 처리하신 건가요?"

"맞습니다. 가짜 신문에 대해 얘기를 한다는 게 그만 얘기가 옆길로 샜네요. 그 시체들도 내가 제를 올렸어요. 제를 올릴 땐 화수도인이 망자를 위로해주라고 시체 수대로 화수꽃을 줍니다. 그 꽃은 시체를 절벽 아래로 떨어뜨리고 나면 곧 태워버립니다만……. 예전, 카메라를 목에 걸고 사진기자로 행세하는 사람을 보게 되었어요. 물론 외지인이지요. 그때 그 사람이 내게, 묻지도 않았는데 자신을 모 신문사의 사진기자라고 하더군요. 본래 외지인과 대화는 기피해야 하는데 그날따라 왠지 호기가 발동해 몇 마디 말을 주고받았어요. 그런 일이 있고 나서 이따금 그 사람이 절벽 위에 나타났고, 그럴 때마다 내게 친근한 척 말을 걸곤 했어요. 나중에서야 알았지만 그 사람이 화수꽃을 손에 넣으려고 의도적으로 내게 접근했다는 겁니다. 시체들의 사진을 찍고서 그걸 신문에 내주겠다는 한 것도 모두 화수꽃 때문이에요. 어느 날, 시체들 사진이 신문에 났다면서 내게 그 사진 기사를 오려서 보내주었어요. 그런데 이상하게 여긴 건, 신문에 시체 사진이 기사화됐으면 응당 경찰이 조사차 와야 되는데 전혀 그렇지 않았거든요. 두어 번 그렇게 속는 중에 신문 지면이 교묘하게 조작된 것을 발견하고서야 그 사람이 신문기자가 아니라는 걸 깨닫게 되었어요. 그 뒤로 일절 그 사람을 회피했지만……."

"그 사진기자라는 사람이 시체들을 신문에 기사화하는 대가로 화수꽃을 요구하던가요?"

"그게 대가라면 대가일 수 있지요. 그러나 화수꽃 송이가 아닌 꽃잎 몇 개를 주었으니 문제 될 일은 아니라고 봅니다."

"그래도 화수꽃을 용도 외로 사용했으니 화수도인이 안다면 가만 있질 않을 텐데요?"

"지금껏 아무 일 없었는데 별일 있겠습니까만 사실 걱정을 하고 있어요. 화수도인의 귀에 안 들어가도록 늘 천지신명께 빌고는 있지만……."

"노인장께서 제를 올린 그 네 명도 화수꽃을 절취하려다 비명횡사한 걸로 짐작되는데, 맞습니까?"

"아마 그럴 겁니다. 그들은 공개된 출입구가 아닌 서쪽 절벽을 통해 마을에 무단 침입했고 그것도 깊은 밤이어서 그들의 목적이 어디에 있는지 쉽게 알 수 있질 않습니까? 어쨌든 그들 모두는 화수꽃도 만져보지 못한 채, 절벽에서 뛰어내려 집단 자살한 사람으로 처리되었으니 얼마나 원통했겠어요."

"화수꽃이 뭐기에 목숨을 걸다니……. 참으로 안타까운 일이네요. 이후에도 화수꽃 때문에 희생자가 계속 나올 텐데 그 화수꽃을 모두 없애버릴 순 없나요?"

"모르시는 말씀, 그게 얼마나 두렵고 난망한 일인데. 자! 여기를 한번 보세요."

노인은 그 말끝에 뭘 보여주려는지 다리를 불쑥 치켜들었다. 그리곤 바짓가랑이를 위로 바짝 끌어 올렸다. 드러난 건 노인의 비쩍 마른 장딴지였다. 그렇지만 이내 고개를 돌려야 했다. 장단지가 찢겨져 생긴 울퉁불퉁한 상흔이 너무 흉해서였다.

"어쩌다 그렇게 되었어요? 상처가 심했던 같은데……."

"이게 모두 화수꽃 때문입니다. 화수꽃이 심어진 나무 근처로 무심코 접근했다가 경비견인 핏불테리어에게 물려서 이렇게 되었습니다. 상처는 거의 나았지만 신경을 다쳤는지 제대로 걷지 못하고 다리를 절게 되었지요. 사실 나는 적게 물린 편입니다. 어떤 사람은 경비견들에게 물려 하반신 불구가 되기도 했으니……. 어쨌든 화수꽃이 화근입니다. 그 화수꽃이 없다면 우리 마을에 평화가 찾아올 텐데……. 휴……."

노인은 가만히 한숨을 내쉬더니 새롭게 얘기를 전개했다.

"본래 우리 마을에 화수꽃이 없었어요. 대인, 소인 구별도 없었고

질 좋은 옥을 캐며 오순도순 평화롭게 살았는데, 어느 날 푸른 도포 차림에 불을 상징하는 통천관을 쓰고 허리에 금띠를 두른 사람이 마을에 나타났어요. 그때부터 마을에 악운이 깃들었지만……. 그 사람이 앞서 말한 화수도인이에요. 그 사람은 교묘한 언변과 도술로 마을 주민의 마음을 사로잡은 뒤 마을을 차츰 지배하기 시작했어요. 처음엔 마을 주민들 병도 고치고 질서와 예의를 가르치는 등 좋은 일을 했었지요. 그러나 얼마가지 않아 악한 본색을 드러냈고, 추종자들까지 규합하더니 나중 마을 주민들에게 절대 복종을 강요하는 권력자로 행세하기에 이르렀어요. 화수꽃도 얼추 그 시기에 재배된 걸로 기억됩니다만, 그 재배처가 마을 초입에 있는 오래된 홰나무(회화나무)였어요. 그 홰나무는 예전부터 우리들에게 있어서 마을을 지켜주는 수호신 같은 존재였을 뿐만 아니라 여름에 더위를 피할 수 있도록 넓은 그늘을 만들어주는 보배와 다름없었어요. 그런데 화수도인이 그 홰나무 가지에 수십 개의 구멍을 파서 꽃씨를 심었는데 그게 바로 화수꽃이에요. 참으로 기이한 행작이었지요. 일설에는 화수도인이 그 화수꽃 종자를 일본에서 들여왔고, 화수꽃이 만병을 다스리는 효험이 있다는 거예요. 그 효험이란 게 종내 사람의 정신을 미혹케 하는 것이지만……. 그러고선 화수도인은 이렇듯 귀한 꽃이니 허술히 다룰 수 없다면서 외부에서 맹견인 핏불테리어를 예닐곱 마리를 데려와 화수꽃을 지키게 한 것입니다. 그런 과정에서 기이한 일이 또 일어났어요. 홰나무가 해마다 꽃을 피웠는데 어쩐 일인지 화수꽃이 가지에서 자라기 시작한 이후로는 꽃을 피우지 않는다는 겁니다. 또 가지도 미친 여자의 머리칼처럼 마구 뒤틀리기까지 했습니다. 제 생각에는 홰나무가 고통을 참지 못해서 생긴 현상이라고 보지만, 언제부터인가 사람들은 그런 홰나무를 가리켜 광나무(미친 나무)로 부르기까지 하니 사뭇 씁쓸합니다."

"저간의 사정을 듣고 나니 화수도인이 악의 화신이 분명한 것 같습니다. 사람의 목숨을 빼앗는 것도 모자라 마을의 수호목인 홰나무를 무참히 훼손했으니 선한 구석은 손톱만큼도 없는 듯합니다. 제가 이곳을 벗어난다면 노인장께 들은 얘기를 경찰에 가서 낱낱이 밝힐까 합니다. 제가 밖으로 나갈 수 있도록 도와주십시오. 이곳을 벗어나면 곧장 경찰서로 가겠습니다."

"말씀은 고마우나, 대인들의 눈에 띄지 않고 밖으로 나가기가 쉬운 일이 아녀요. 방법은 단 하나 대인마을 서쪽의 낮은 절벽을 타고 오르는 것인데……. 밧줄과 갈고리는 내게 있지만 그곳으로 가기까지가 문젭니다. 지금 여명이니 가려면 지금 가야 하지만 별 방도가 없으니……."

"그렇다면 이렇게 해보는 건 어떻습니까? 노인께서 장의 일을 하시니 저를 시체처럼 꾸며서 손수레에 태워 서쪽 절벽까지 운반하는 것이……."

"그 방법이 괜찮긴 한데……. 좋아요. 날이 밝으면 모든 게 허사이니 어디 한번 해봅시다. 집 뒤에 있는 손수레를 가져올 테니 내가 기척을 하면 나오세요."

노인은 곧 방을 나갔다. 막상 이곳을 빠져나간다고 하자 긴장이 되었고 가슴이 떨렸다. 그러나 살기 위해선 감행해야 할 일, 무사히 빠져나갈 수 있기를 마음속으로 빌며 노인의 기척을 기다렸다. 잠시 만에 덜커덩거리는 소리와 함께 노인의 음성이 들렸다.

"준비가 됐으니 어서 나와요."

지체 없이 밖으로 나왔다. 눈에 띈 건 리어카처럼 생긴 손수레와 짚으로 엮은 거적이었다. 이제 손수레에 올라타 거적을 뒤집어써야 한다는 건 노인이 시키지 않아도 의당 해야 할 일이었다. 하지만 선뜻 탈 수가 없었다. 필시 뭇 시체를 덮었을 거적을 뒤집어쓰기가 영 꺼림칙해서였다. 노인이 재촉했다.

"좀 있으면 날이 밝을 테니 빨리 서둘러요."

어쩔 수 없이 손수레에 올라탔다. 그리고 손수레에 실린 밧줄과 갈고리를 한쪽으로 밀치고 몸을 잔뜩 웅크렸다. 노인이 기다렸다는 듯 거적을 내 몸에 덮었다. 나는 이제 꼼짝없이 시체가 되었다. 마음이 착잡했다. 그러나 착잡함도 한순간, 손수레는 덜컹하고 움직였고 이내 뭔가 썩는 듯한 냄새가 코를 찔렀다. 시체를 덮었던 거적이니 오죽하랴. 그렇지만 이곳을 빠져나가기 위해선 참고 견뎌야만 했다. 고역도 여간 고역이 아니었다.

얼마쯤 갔을까. 손수레를 끌던 노인이 나직이 일렀다.

"저 앞쪽에 대인들이 지키는 경비초소가 있어요. 저곳만 통과하면 서쪽 절벽으로 갈 수 있어요. 최대한 엎드리세요."

나는 알아들었다는 표시로 바닥을 두어 번 두드렸다. 그러고는 조바심에서 거적을 조금 들쳐 손수레가 나아가는 쪽을 살폈다. 멀지 않은 곳에 작은 불빛이 어른거렸는데 노인이 말한 경비초소가 아닌가 했다. 그런데 그 불빛을 보는 순간, 정녕 이해 못 할 감정의 변화가 일어났다. 불빛이 매우 정겹다는 것이었다. 경비초소를 봤으니 응당 경각심이 고조되어야 할 판에 정겹다니……. 내 스스로가 생각해도 이상한 일이고, 뭔가 잘못됐다는 것을 어렴풋이 알 것도 같은데 정겨운 느낌은 그대로였다. 화수도인이나 그 추종자들에게 발각되면 생명을 잃게 되는데도 내 감정을 내가 조절할 수 없는 지경이 된 건 왜일까?

손수레는 줄곧 덜컹거렸고 잠시 후 경비초소를 지나치는지 어떤 말소리가 오고 갔다. 그런데 그 말소리들조차도 감미로운 노래처럼 들려 또 어렴풋이 내 의지와 다르다는 걸 알았어도 그건 불분명한 자각이고 흐린 상념과도 같았다.

다른 음성이 들렸다. 얼핏 노인의 목소리 같기도 하고 어쩌면 김상무 목소리 같기도 한, 그 소리는 더없는 다정함으로 내 귀에 속살거렸다.

"젊은이! 사람의 보드라운 밑살 고기를 푹 곤 육수에 사치 잎까지 듬뿍 넣었는데 차를 퇴짜 놓다니 매우 실망했소. 그렇지만 나는 젊은이를 고깝게 여기지 않소. 이다음엔 쾌히 마셔줄 걸로 아니까. 이런 젠장! 벌써 서쪽 절벽에 당도했네. 빨리 내려요!"

노래인지 말소리인지 구분이 되지 않은 소리가 멎자. 곧 누군가가 거적을 벗겨주었다. 막 동트는 맑은 하늘이 보였고 그런 하늘을 반쯤 가린 그늘진 윤곽의 어떤 얼굴과 마주했다. 어디선가 봄직한 얼굴이었다. 그러나 기억은 나지 않았다. 단지 늙었다는 것만 알 수 있는 정도였다. 몸을 반쯤 일으켰다. 그 때 한 줄기 햇살이 나의 얼굴에 비추었을 때에야 나를 내려다보는 사람이 장의사 노인이며, 내 목적이 이곳을 벗어나는 것이라는 걸 불현듯 깨달았다.

급히 손수레에서 내렸다. 몸이 휘청거렸고 정신이 몽롱했으나 걸을 수는 있었다. 그새 노인이 밧줄이 달린 갈고리를 절벽 위로 던져 올렸다. 그걸 보곤 그제야 잊고 있던 화수도인에 대한 경각심이 되살아났다.

노인이 몇 차례 갈고리로 걸기를 시도했으나 잘 되지 않았다. 그렇게 번번이 실패를 하자 노인이 나를 쳐다봤다. 나더러 해보라는 눈치 같았다. 내가 노인의 속내를 헤아려 노인에게 다가가자 노인이 말없이 밧줄이 달린 갈고리를 넘겨주었다.

밧줄이 달린 갈고리를 손에 들고선 경사가 가파른 절벽 높이를 가늠했다. 한 5, 6미터쯤 될까. 그리 어렵지 않게 갈고리를 걸 수 있을 것 같았다. 즉시 갈고리가 달린 밧줄 조금 아래를 잡고서 빙빙 돌렸다. 그러다 갈고리를 절벽 위로 힘껏 던졌다. 하지만 걸리지 않았는지 갈고리가 아래로 뚝 떨어졌다. 그때 개 짖는 소리가 들렸다. 한두 마리가 아닌 떼로 짖는 소리였다. 이렇듯 별안간에 개 소리가 들리다니 아마도 이쪽으로 오는 것 같았다. 서둘러야 했다. 갈고리를 재차 절벽 위로 던졌다. 그리고 잡아당겨보았다. 그러나 갈고리는 걸리지 않았다. 또 그냥 떨어졌다. 생각 외로 쉽지 않았다. 마음이 초조했다. 개 짖는 소리가 점점 가까워진 탓이었다. 연속해서 10여 차례나 던졌으나 모두 실패했다. 개 짖는 소리가 이제 바로 등 뒤에서 나는 것 같았다. 머리칼이 곤두섰다. 정말 마지막이라는 절박한 심정으로 온 힘을 다해 다시금 갈고리를 절벽 위로 던졌다. 그리고 잡아당겼다. 이번엔 갈고리가 무엇에 걸렸는지 내려오지 않았다. 제대로 걸린 듯했다. 천우신조, 이제 살았다 싶어 팽팽한 밧줄을 끌어당겨 급히 절벽을 오르려고 다리를 쳐들었다. 아니 발을 들려고 했다는 것이 맞았다. 아! 그런데 대체 무슨 영문인가. 다리가 움쩍도 하지 않는다. 발이 땅에 달라붙은 것이다. 그리고 위기의 그때, 누가 어깨를 와락 잡아채는 바람에 소스라치게 놀랐다. 발이 땅에 붙었기 망정이지 그렇지 않았다면 필시 나동그라졌을 것이다. 겁에 질려 뒤를 돌아볼 엄두가 나지 않았다.

그런 차제에 전혀 예상치 않게도 무슨 향내를 맡게 되었다. 향내는 뒤에서 풍겨 왔다. 언젠가 맡은 적이 있는 향수 냄새였다. 그리고 그게 김 상무가 애용하는 타부 향수라는 것까지 기억해냈다.

등 뒤에 누가 있는 게 분명했다. 그쯤에서 가까스로 돌아볼 용기를 냈다. 슬며시 고개를 돌려 뒤를 봤다. 순간 가슴이 덜컥했다. 횃불 모양의 붉은 관을 쓴 얼굴 형체도 없는 사람이 지척 간에 떡 버티고 섰기 때문이었다. 직감적으로 화수도인임을 알아챘다. 노인은 간데없고 유령 같은 화수도인이라니……. 게다가 어깨부터 손가락에 이르기까지 살점이라곤 전혀 없는 허연 뼈다귀를 팔인 양 늘어뜨리고 있어서 흉측하기 그지없었다. 저 뼈다귀 손으로 내 어깨를 잡아챘으리라고 생각하자 무서움이 공포로 변했다. 그리고 이제 곧 저 뼈다귀 손으로 나의 목을 조를 것이라는 생각까지 더하자 극도의 공포감에 온몸이 마구 떨렸다. 이대로 죽는가 싶었다. 그렇지만 죽을 때 죽더라도 정신 줄은 놓고 싶지 않았다. 그게 주효했는지, 아니면 죽음에 직면해도 살아날 구석은 있는 법인지 그때쯤 기적 같은 일이 일어났다. 뭔가 쾅! 하고 된통 부딪히는 소리가 났고 그와 동시에 유령처럼 버티고 섰던 화수도인이 순식간에 사라졌다.

❊ ❊ ❊

성우는 화들짝 놀라 잠자리에서 일어났다. 창에 벌써 아침 햇살이 깃들어 있었다. 학교에 늦겠다는 생각에 등교 준비에 허둥댔다. 그때 인기척과 함께 순영의 음성이 문밖에서 들려왔다.

"일어났니? 아줌마가 깨워도 기척이 없다고 해서 내가 방문을 찼어. 어때, 기분 나빠?"

순영 누나의 행동이 기분 나쁠 리 없었다. 화수도인으로부터 자신을 구해주었고 학교에 늦을까 봐 배려까지 해줬으니 되레 고마운 건 성우였다.

"아냐, 누나! 정말 고마워. 이따 봐."

"다행이네. 학교에 늦겠어. 서둘러!"

"응, 알았어."

성우는 아침도 거른 채 바삐 집을 나섰지만 지각은 불 보듯 뻔했다. 중학교에 입학한 이래 단 한 차례의 지각은 물론 조퇴조차도 없었는데 아무래도 오늘 그 공든 기록이 깨어질 모양이다. 성우는 이런 결과를 초래한 건 전적으로 화수도인 때문이라고 생각했다. 그래서 화가 치밀어 철퇴를 구해 머리맡에 두고 꿈속에서 그 화수도인을 다시 만나게 되면 철퇴로 내려치리라고 다짐을 했다. 머리맡의 철퇴는 나중 아령으로 대체되긴 했어도 화수도인에 대한 악감정은 쉬이 소멸될 것 같지 않았다.

# 5

시간은 늘 제자리인 듯한데 세월은 그렇지 않은가 보다. 한 해가 이윽고 저물더니 곧 새해가 되었다. 사람들은 '희망찬 새해'라고 말들 하지만 바깥은 희망을 가꾸기엔 더없이 춥고 스산했다. 어찌 보면 계절은 사람의 생애와 닮은꼴이다. 유년기를 봄이라고 한다면 인생의 성숙기인 청춘 시절은 여름일 테고, 가을은 인생의 절정기를 지난 완숙기이며 겨울은 삶의 마감을 앞둔 노년기가 아니겠는가. 그렇게 본다면 새해의 시작이 엄동설한 겨울이라는 게 부조화일 수 있다. 그럼에도 사람들이 그 부조화를 고수하는 건 겨울을 일찍 장사지내면 따스한 봄이 한층 일찍 오리라는 믿음 때문인지도 모를 일이다.

성우는 이제 중학교 3학년이 되었다. 마찬가지로 동생인 은영도 학교는 다르지만 같은 학년으로 올라섰고 고등학교 2학년이었던 순영 누나는 대학 입학을 앞둔 고3이 되었다. 그리고 성우와 더불어 사총사로 불리는 봉수와 일주, 창대도 3학년이 되었는데, 유도 유단자인 학생이 예기치 않게 3학년으로 전학 오는 바람에 창대가 기대했던 전교 주먹 서열 4위는 물 건너간 듯싶었다. 유도 유단자인 그 전학생은 덩치도 만만치 않은 데다 단기간에 자기 반 학우들을 휘어잡은 걸 봐선 그런 조짐이 여실했다. 창대는, 이럴 줄 알았으면 봉수나 일주처럼 진작 당수나 십팔기 같은 운동을 배웠어야 하는데 하고 후회를 했지만 이미 때는 늦었다. 그나마 창대가 믿는 건 대장인 성우인데, 성우마저도 3학년이 된 뒤로 공부에 열을 올릴 뿐 전교 주먹 서열엔 별 관심을 보이지 않아 창대만 홀로 속을 태웠다.

돌이켜보면 지난 무신년은 성우에게 있어서 축복의 해였다. 학교생활은 물론 교우관계도 좋았고, 무엇보다도 자신을 미워하던 은영이 마음을 열어 오빠로 인정해준 것이 가장 큰 기쁨이고 복됨이 아닐 수 없었다. 또 양부인 최중대가 성우에게 귀한 백수정 원석을 맡길 정도로 성우를 친애하는 점도 성우에게 있어서 기쁨 이상의 의미로 다가왔다. 성우는 이제 어깨를 펴고 당당해져도 하등 이상할 게 없었다. 다만 양부의 바람대로 공부를 열심히 해야 할 소명이 생겨 그게 부담일 수 있으나, 그 점은 장차 양부의 회사를 물려받기 위해 감당해야 행복한 책무일 뿐이었다.

그로부터 1년이 또 훌쩍 지났다.

성우와 쓰리똘이 왕십리 동원극장 근처 한 빵집에 모였다. 홍콩 무협 배우 왕우의 얼굴이 큼지막하게 그려진 극장 간판이 창을 통해 훤히 보였다. 넷은 중학교 졸업 이후로 하릴없이 어울렸으나 이번은 달랐다. 창대가 어제 오후 여자친구와 〈외팔이 검객〉 영화를 보러 갔다가 윗주머니에 꽂고 있던 고급 만년필을 소매치기를 당했는데 그걸 되찾을 목적에서였다.

"야, 하똘! 사람이 왜 그렇게 뒤퉁스럽냐? 뭐, 소매 끝으로 휙 빼는 걸 알았지만 그냥 뒀다고? 빼간 놈이 국민학생(초등학생) 정도의 어린 놈이었다고? 에라이 병신아! 니가 그래도 대윤 사촌사냐?"

"봉수야, 창대가 나름의 사정이 있었다고 하잖아."

"그래, 일주 말이 맞아. 지금 소매치기를 잡는 게 문제 아냐? 나는 창대 입장을 십분 이해해. 모처럼 여자친구와 영화 구경 갔는데 그 만년필 때문에 분위기를 잡칠 수 없잖아. 또 그 소매치기 뒤에 형뻘 되는 놈들이 없지 않았을 텐데 만년필을 되찾으려다 된통 당할 수도 있잖아. 게다가 여자친구는 어떡하고?"

"미안해. 나 때문에 너희들까지 나서게 해서……."

"미안하긴, 약속만 지키면 돼. 만년필을 찾게 되면 우리에게 각자 여자친구를 소개해주고 짜장면을 배 터지게 산다는 처음 약속 말이야."

"물론 지켜. 만년필만 찾는다면……."

"만약 못 찾는다면?"

"야, 상똘! 적당히 해."

"암튼 그 소매치기를 잡아 만년필을 되찾자. 창대 아버지가 졸업 선물로 창대에게 준 거라고 하니 그걸 되찾아야 창대가 근심을 덜겠지."

"창대야! 만년필이 '파카'라고 했지?"

"응, '파카'야. 아주 비싼 건 아니지만. 그래도 비싼 거야. 아버지가 이 사실을 알면 난 맞아 죽어."

"아무렴 우리가 사촌사인데 널 맞아 죽게 내버려두겠어?"

"맞아 죽는 건 나중에 일이고, 벌써 시간이 엔간히 지났는데 네가 찾는 노란 모자는 코빼기도 보이지 않네."

"그렇게 말이야."

"이제 나가서 기다리자. 그래도 노란 모자가 안 나타나면 두 조로 나눠 번갈아 지키는 게 낫겠어."

"그래야지."

넷은 빵집을 나왔다. 그리고 극장 건너편 골목 어귀에서 극장을 드나드는 사람들을 살폈다. 극장은 어제와 동일하게 〈외팔이 검객〉을 상영하고 있으나 낮 시간대여서 극장을 찾는 사람들은 별반 없었다.

"두 편 동시 상영인데도 사람들이 없네. 평일이라서 그런가."

"평일도 평일이지만 낮 시간대여서 그럴 거야. 이러니 노란 모자가 안 나타나는지 몰라."

"그럴 수도 있겠지."

넷은 그 뒤로 한동안 골목 어귀에 서성이며 노란 모자가 나타나기를 기다렸으나 허사였다. 그래서 애초 성우 말대로 두 조로 나누기로 했다. 성우와 창대가 한 조가 되고 봉수와 일주가 다른 한 조가 되었다. 그리고 성우와 창대가 내처 지키겠다고 해서 봉수와 일주는 극장 일대를 돌며 노란 모자 찾기에 나섰다.

우수가 지난 2월 하순이었어도 날씨가 제법 찼다. 하늘은 흐렸어도 바람이 일지 않아 견딜 만한 추위였다. 그래도 한자리에 내내 서 있으려니 발이 시렸다. 성우와 창대는 가끔씩 발을 구르거나 제자리에서 맴을 돌며 발에 스며든 한기를 몰아냈다. 그런 가운데서도 눈은 극장을 출입하는 사람들을 놓치지 않았다.

시간은 더디게 갔고 차츰 따분해졌다. 노란 모자를 볼 수 없으니 그럴 수밖에. 그래서 이쯤에서 봉수와 일주가 돌아와 교대를 해주길 은근히 바랐다. 지켜본 지 한 시간이 지났다. 오후 3시에 가까워졌다. 봉수와 일주가 지금 어디에 있는지 알 순 없으나 빨리 돌아오길 초조히 기다렸다. 성우와 창대 앞으로 검정 제복에 곤봉을 허리춤에 찬 경찰관이 불쑥 지나갔다. 창대의 눈길이 경찰관 뒷모습에 매달렸다. 소매치기를 당한 터라 경찰관 출현이 예사롭지 않은 모양이다.

바람이 조금씩 일었다. 목덜미와 어깨에 머물던 한기가 몸 전체로 펴졌다. 햇살이라도 나면 좋으련만. 그러나 추위보다는 돌아오지 않는 친구들이 더 야속할 따름이었다. 연신 시계를 들여다보던 창대가 기어이 불평을 토로했다.

“이 자식들, 교대할 마음이 없는 건 아냐? 우린 추워서 오그랑망태인데 설마 내뺀 건 아니겠지?”

“야! 그걸 말이라고 해? 조금 더 기다렸다가 늦으면 따지자.”

“따지기 전에 우리가 먼저 얼어 죽겠다 야.”

“오겠지……. 참자.”

성우는 ‘누구 때문에 이 고생이냐’는 말이 목구멍까지 치밀었지만 차마 입 밖에 낼 수 없었다. 그렇지만 성우 역시 나타나지 않는 봉수와 일주에게 골이 나는 건 창대와 다를 바 없었다.

그런데 잠시 후, 창대의 불평이 신통한 효험이라도 있는지 경찰관이 지나간 방향 쪽에서 일주의 모습이 눈에 들어왔다. 이쪽으로 오고 있었다. 성우와 창대의 인상이 절로 펴졌다. 그러나 일주가 점점 가까이 오자 둘은 약속이나 한 듯 언제 그랬냐면서 성난 표정으로 일주를 쏘아봤다. 하지만 둘의 심술은 곧 사그라졌다. 일주가 더 이상 오지 않았기 때문이었다. 멈춰 선 일주가 손짓과 소리로써 두 사람을 불렀다. 꽤 급해 보였다. 둘은 멋쩍은 표정 그대로 득달같이 일주에게 달려갔다.

“너희들, 빨리 나 따라와!”

“노란 모자 쓴 놈 발견했어?”

"응, 노란 모자를 쓰긴 썼는데 네가 찾는 놈인지는 확실치는 않아. 지금 봉수가 감시하고 있는데 좌우지간 빨리 가자."

말이 끝나기가 무섭게 일주가 냅다 뛰자 성우와 창대가 그 뒤를 바짝 따라붙었다. 일주는 대로를 끼고 동대문 방향으로 줄곧 뛰었다. 얼마를 갔을까. 함께 뛰는 창대가 숨을 헉헉거렸다. 일주가 창대를 생각해서 뛰는 속도를 늦췄다. 그래도 창대는 여전히 헉헉거렸다.

"일주야! 아직 멀었냐?"

"거의 다 왔어."

"그럼 좀 천천히 가자. 봉수가 감시하니 별일 없을 거야."

"벌써 지쳤냐? 잔말 말고 따라와."

성우도 한마디 했다.

"야! 숨차고 다리 아픈 건 마찬가지야. 이참에 살 좀 빼."

"알았어, 대장!"

몇 발자국 앞서 뛰던 일주가 사거리 못 미쳐서 옆길로 방향을 틀었다. 길 양옆에 각종 노점이 들어선 큰 골목 같은 곳이었다. 그제야 일주가 뜀을 멈추었다. 그리고 뒤를 돌아보며 성우와 창대에게 나직이 말했다.

"여기야. 봉수는 저 앞에 보이는 전봇대 옆에 있어. 노란 모자도 보게 될 거야."

일주 말대로 몇 발자국 가지 않아 전봇대에 붙어 선 봉수를 볼 수 있었다. 봉수도 친구들을 봤는지 손을 쳐들어 자신의 위치를 알렸다. 셋은 곧장 봉수에게로 갔다.

"생각 외로 빨리들 왔네. 노란 모자는 저기 노점에 있어."

"나도 방금 봤어."

"그래, 노점 아저씨들이 양철통에 불을 피워놓고 장기를 두고 있는데 노란 모잔 그 옆에서 곁불을 쬐는 중이야. 지금 바로 갈까?"

"바로 가기보단 먼저 창대가 가서 살피는 게 어때?"

"그게 좋겠어."

"그럼, 네가 가서 슬쩍 볼게."

"눈치채지 않게 잘해."

창대가 노란 모자가 있는 노점으로 향하자 셋도 슬슬 그쪽으로 걸음을 옮겼다. 잠시 만에 창대가 노란 모자를 살피고 돌아왔다. 표정만큼이나 목소리도 들떴다.

"키와 생김새를 보니 극장에서 본 노란 모자와 닮았어. 그리고 내 만년필과 똑같은 자주색 만년필이 진열장에 있는데 내 만년필 같아. 짐작이지만 노란 모자가 소매치기한 걸 노점에서 파는 모양이야."

"굿 뉴스! 혹 네 만년필에 무슨 표시라도 해놨니?"

"표시는 하지 않았어. 그렇지만 보면 알아. 밑동에 미세한 긁힌 자국이 있어."

"그렇다면 정면으로 부딪혀보자. 노란 모자는 봉수와 일주가 책임지고 맡아. 도망치지 못하게 말이야."

"염려 마, 대장 나리."

"가자!"

노란 모자가 있는 노점은 리어카에 좌판을 차려 만년필뿐만 아니라 소형 라디오와 라이터, 카메라와 선글라스 등을 팔고 있었다. 카메라처럼 값나가는 물건도 더러 있고 종류도 다양해 노점 치곤 규모가 컸다. 창대가 말한 자주색 만년필은 좌판 한쪽에 놓인 유리 진열장 안에 있는데 다른 만년필과 라이터 등과 함께였다. 그 옆은 시계 수리를 겸해 중고시계를 파는 다른 노점이었다. 두 노점이 이웃한 걸로 미뤄보아 양철통에 불을 피워놓고 장기 두는 사람들은 각 노점의 주인들로 짐작됐다.

성우와 그 친구들이 노점을 기웃거리자 장기를 두던 한 사람이 일어나 말을 붙였다. 짧은 상고머리에 얼굴이 거무접접한 남자였다.

"뭘 사려고 그래?"

"만년필을 좀 보려고요."

"그래, 어떤 만년필이 맘에 들어? 싸게 줄 테니 골라봐."

"저 진열장 안에 있는 자주색 파카 만년필은 얼마예요?"

"그건 조금 비싸. 새것과 진배없어서 그래."

"보여줄 수 있나요?"

"물론이지."

남자가 유리 진열장을 열어 자주색 파카 만년필을 꺼내 창대에게 건넸다. 그때 성우와 그 친구들을 대수로이 쳐다보던 노란 모자가 무슨 낌새를 챘는지 몸을 돌려 모자를 슬쩍 눌러썼다. 얼굴을 감추려는 의도 같았다. 암암리 지켜보던 봉수와 일주가 노란 모자의 행동을 놓칠 리 없었다.

"암만해도 수상쩍어."

봉수가 일주에게 귓속말을 했다.

"그러게. 켕기는 게 있는 모양이지."

그러는 사이 창대도 만년필을 이리저리 보는 척하면서 만년필 밑동에 긁힌 자국이 있나 없나를 살폈다. 예상이 맞았다. 만년필 밑동에 희미한 흔적처럼 긁힌 자국이 남아 있었다. 창대는 속으로 환호했다. 그리고 보란 듯이 만년필을 거꾸로 세워 성우에게 눈을 끔벅거렸다. 자신의 만년필이 맞다는 시늉이었다. 성우가 즉각 화답했다. 주먹을 쥐어 손바닥을 연달아 쳐 소리를 냈다. 그들만이 아는, 행동을 개시하라는 신호였다. 봉수와 일주가 재빨리 움직였다. 노점 뒤로 가 불시에 노란 모자의 양팔을 꽉 잡았다. 동시에 창대도 노점 주인에게 따지듯 대들었다.

"이 만년필은 어디서 났어요? 이 건 제가 어제 동원극장에서 소매치기 당한 건데 왜, 여기에 있어요? 경찰을 불러야겠어요."

노점 주인은 졸지에 당하는 일이어서 어안이 벙벙한 눈치였으나 곧 사태를 파악하곤 이 바닥에서 굴러먹은 본색을 드러냈다.

"경찰을 불러? 이 새끼 봐라! 어따 와서 생떼를 부려? 만년필이 네 거란 증거가 있어 엉? 누구 앞에서 사기를 치려고 해. 이 새끼들,

모두 혼쭐이 나야 알겠어!"

봉수와 일주에게 제압당한 노란 모자도 가만있을 리 만무했다. 붙잡힌 팔을 빼려고 버둥대며 악을 썼다.

"씨발, 이 팔 못 놔! 너희들 가만두지 않겠어. 이 삼촌과 형네들이 왕십리파야. 맞아 죽기 전에 빨리 팔 놔!"

"소매치기 주제에 용서를 빌어도 시원찮은데 뭐 맞아 죽는다고? 그래, 누가 맞아 죽는지 한번 해볼까?"

노점이 갑자기 소란스럽자 오가는 행인들이 무슨 구경거린가 난 양 하나 둘씩 모여 들었다. 그러나 노점 주인은 이런 일을 어디 한두 번 겪느냐는 듯 개의치 않고 성우와 친구들에게 험한 막말을 계속 쏟아냈다.

"너희들이 작당해서 만년필을 갈취하려는 것 같은데, 내가 이 바닥에서 장사한지 20년이 넘어. 너희 어린놈들에게 만년필을 빼앗길 것 같나 엉? 곧 내 동생들이 나타날 거야. 그땐 너희들 아작이 난다. 그렇게 되기 전에 빨리 만년필 이리 내놔!"

"아작이 난다 해도 만년필은 절대 못 줘요. 소매치기 당한 내 만년필이 분명한데 왜 돌려줘요? 경찰서에 가서 누구 만년필인지 가립시다."

"이 자식들, 말로 해서는 안 되겠어. 아이까지 붙잡고 난리 치네……."

"삼촌! 이 새끼들을 빨리 혼내줘요. 팔이 아파 죽겠어요."

일주가 나섰다.

"아저씨, 말씀이 지나치네요. 우리를 물로 보는데 우린 대윤 사총사예요. 우릴 우습게 봤다간 장사하는 데 지장이 많을 거예요. 그리고 장물이 아니라면 경찰서에 가자는데 왜 안 갑니까?"

"뭐, 대윤 사총사? 장물? 어쭈, 이놈들이 이젠 협박까지 하네."

그쯤에서 시계상 남자가 끼어들었다.

"보아하니 학생들 같은데, 여기 김 사장이 중고 물건을 취급하다 보니 학생들에게 오해를 살 여지도 있지 않겠어? 그러니 서로 대화로써 문제를 풀어야지……."

시계상 남자가 노점 주인을 옹호는 했어도 실랑이가 격화되면 자기들에게 좋을 게 없다는 생각을 한 모양이었다. 그가 내처 구경차 모인 사람들에게 신경질적 반응을 보인 것도 그 때문이라고 볼 수 있었다.

"이제, 그만들 가요! 이게 무슨 구경거리예요? 장사 방해하지 말고 빨리들 가세요!"

구경꾼들이 흩어지자 노점 주인의 언사가 약간 누그러졌다.

"그래, 박 사장 말마따나 내가 중고 물건을 취급하는 관계로 더러 오해를 살 때도 있어. 그렇지만 장물은 취급 안 해. 장물을 취급 안 해도 장사가 잘 되는데 뭐 땜에 취급하겠어?"

"아저씨가 그렇게 말해도 전 믿지 않아요. 제가 분명 극장에서 저 아이에게 만년필을 소매치기 당했고 그리고 제 만년필이 이 노점에 있는데도 그런 말을 하세요?"

"애를 놔줘. 부모 없이 자란 내 조카야. 덴바이(轉賣)를 하며 가끔 영화를 보러 가긴 해도 소매치기 같은 건 안 해. 내 장담하지."

"그렇다면 경찰서에 왜 못 가세요? 뭐가 꿀리는 게 있는 게 아녜요?"

"그래요. 경찰서에 가면 내 친구가 만년필이 자기 것이란 증거를 보일 텐데 뭘 머뭇거리세요?"

시계상 주인이 재차 끼어들었다.

"내가 참견할 일은 아니지만 경찰서에 가면 모든 게 해결되나? 장사를 하다 보면 사소한 시비에도 경찰을 부르니, 지서에 가자느니 하는데 어렵사리 장사를 하는 우리에겐 그 말이 딱 질색이야."

"박 사장의 말이 맞아. 그래서 내가 손해를 보더라도 조금 양보할 테니 학생도 조금 양보해."

노점 주인의 기세가 완연히 수그러졌다. 그렇다고 해서 고분고분 응할 처지는 아니었다.

"양보를 어떻게 해요? 내 물건이 분명한데."

"양보라기보단 값을 조금만 쳐줘. 천오백 원 짜린데 단 얼마라도 주면 안 되겠니?"

"그렇게 못 합니다. 제 물건을 돈 주고 사는 사람이 어디 있어요?"

창대가 끝까지 버티자 결국 노점 주인이 시계상 남자와 무어라고 쑥덕거리더니 종내 두 손을 들었다.

"너도 참 지독하구나. 그래, 만년필을 그냥 가져. 그러나 나중에라도 내 가게에 얼씬하면 그땐 가만두지 않을 거야."

"만년필을 찾았는데 여기에 올 이유가 있겠어요?"

창대의 얼굴이 기쁨에 겨워 활짝 펴졌다. 친구들도 기쁘긴 마찬가지였다.

"이게 모두 너희들 덕분이야."

"생각해주니 고맙군. 그렇지만 네가 주역이고 우린 들러리였잖아."

"주역이고 들러리고 간에 만년필을 찾았으니 빨리 짜장면 먹으러 가자."

"그럼, 그럼. 가세!"

창대가 활갯짓하며 성큼 앞장섰다. 꽤나 호기로웠다.

다음 날, 창대에게서 전화가 걸려 왔다. 만년필을 찾으면 여자친구를 소개해준다는 그 약속 때문인가 했으나 그게 아니었다. 일주가 고등학교에 갈 수 없다고 해서 전화를 한 것이었다. 창대의 말인즉, '낮에 우연히 일주를 만났고, 어머니가 많이 편찮다는 얘기를 들은 뒤 고기를 조금 갖고 신당동 일주 집엘 갔었는데 그때 그 말을 하더라'는 거였다.

"고등학교에 갈 수 없는 이유가 뭔데?"

"이유가 뭐겠어. 집안 형편이 어렵고 어머니마저 편찮으시니 그런 말을 한 게지."

"그럴까……? 좌우간 봉수한테 연락해서 저녁에 일주네 집 앞 골목에서 보자."

"알았어. 봉수한테 연락할게."

성우는 자기 방에 돌아와 창문을 열었다. 일주가 자신에게서 멀어지려는 것 같아 마음이 울적했다. 낯선 서울에서 위안이 돼준 가까운 친구인데……. 눈을 들어 하늘을 봤다. 하늘은 구름이 엷게 끼었어도 어제와 달리 맑았다.

성우는 여러 생각을 했다. 나중 일주를 만나 설득을 할 테지만 지금 심정으로는 일주가 예정대로 고교에 진학하기를 진정 바랐다. 물론 일주가 홀어머니의 삯바느질로 생계를 꾸릴 만큼 가정 형편이 어렵다는 건 모르는 바가 아니었다. 그렇다고 해도 입학을 이틀 앞두고 진학을 포기하겠다는 건 납득이 되지 않았다. 한편은 일주가 정말 가정 형편 탓에 그런 결정을 했다면 양부에게 간청해서라도 입학금과 분기별 등록금은 마련해주리라고 다짐도 했다.

성우는 창문을 닫은 뒤 책상 서랍을 열었다. 그리고 구석에 둔 예금통장과 도장을 꺼냈다. 은행에 갈 요량이었다. 통장엔 양부모에게서 받은 용돈을 모아 저축한 돈이 들어 있었다. 새삼, 오늘이 공휴일이 아니어서 다행이라고 여기면서 방을 나섰다.

저녁 무렵, 셋이 일주네 집 가까운 골목에 모였다. 먼저 와 기다리던 봉수가 일주가 집에 있는 것 같다고 해서 바로 일주를 찾아갔다. 일주는 슬레이트와 시멘트 블록으로 지은 연립주택에 살았다. 물론 자기 집이 아닌 단칸 셋방살이었다. 일주의 집은 골목 안쪽에 있어서 통상 골목 안쪽에 가서 "일주야!" 하고 부르면 일주가 밖으로 나왔는데 이번은 그럴 수 없었다. 일주의 어머니가 편찮으시니 일주를 조용히 불러낼 속셈으로 바깥 부엌문을 가볍게 두드렸다. 부엌문이 금세 열렸다. 일주였다. 일주는 친구들을 보곤 멋쩍어하더니 밖으로 나왔다.

"어떻게 왔어? 나 지금 바쁜데……."

"식사 준비하는 중이야?"

"응, 어머니가 편찮으셔서 내가 하고 있어."

"자식, 동네 효자 났네."

그때 방에서 일주 어머니의 음성이 들렸다.

"일주야, 친구들이 온 것 같은데 방으로 들어오라고 해야지……."

일주 어머니가 안 이상 그냥 있을 순 없었다. 셋은 방으로 들어가 인사를 하고선 나란히 앉았다. 일주의 어머닌 예전과 달리 매우 수척한 모습이었다. 본인 스스로 감기 몸살이라고 하지만 걱정스럽긴 일주와 매한가지였다. 셋은 잠시 만에 밖으로 나왔다. 성우는 뒤처져 나오면서 부엌 그릇 속에 돈이 든 봉투를 슬쩍 넣어뒀다. 입학금에 해당하는 금액이었다. 일주가 뒤따라 나왔다. 일주는 셋이 찾아온 이유를 짐작하고 있었는지 먼저 말을 꺼냈다.

"너희들 내 입학 때문에 왔지?"

"그래, 잘도 아는군."

"입학원서를 쓴 날부터 어머니가 기침을 하시면서 시름시름 아팠어. 무리하게 일하시느라 병이 났겠지만 어머니가 병이 난 건 다 내 탓이야. 내가 고교에 진학하면 어머닌 병든 몸으로 여전히 일하실 텐데 그걸 어떻게 봐? 차라리 내가 진학을 포기하는 게 낫지."

"병원엔 가보셨어?"

"물론 다녀오셨지. 병원에선 단순한 감기 몸살이라고 하는데 몸이 쇠약하니 당분간 보양을 하며 쉬셔야 한다는 거야."

"크게 걱정할 병이 아니라서 다행이다."

"그러게 말이야."

"뭐, 우리가 도울 일은 없을까? 내가 아버지에게 얘기해서 우족이라도 가져올까?"

"자식, 누가 정육점 아들 아니랄까 봐."

"창대야! 이왕 말이 나온 김에 하는 말인데, 너 어제 우리에게 만년필 찾으면 여자친구 소개시켜준다고 약속했지? 우린 그 약속 바라지 않으니 대신 네가 말한 그 우족을 가져와. 어때?"

"그 말 진심이야? 모두 동의하는 거지?"

"야, 창대! 동의하다마다가 어디 있어? 대장이 결정하면 그게 곧 법인데 무슨 딴소리를 해?"

"일주, 너도 마찬가지야?"

"내가 득보는 일인데. 너라면 않겠니?"

"너희들 무지 고맙다. 당장 큼직한 우족을 일주한테 대령할게."

"어디 한번 믿어봐."

넷은 천천히 걸으며 얘기를 나눴다. 일주는 '집안 형편상 진학을 포기해야겠다'는 의사를 거듭 밝혔고 또 그런 결정을 해서 미안하다고 했다. 그럴지언정 셋은 일주의 사정을 이해한다면서도 일주가 생각을 달리하도록 우정을 내세워 설득할 수밖에 없었다. 한참 만에 그런 설득이 일주의 마음을 움직였는지 일주가 '진학에 대해 다시 한번 생각해보겠다'는 뜻을 내비쳐 셋도 가벼운 마음으로 헤어질 수 있었다.

원래 넷은 중학교와 같은 계열의 고교에 진학하기로 약속한 터였다. 그러나 공무원인 봉수의 아버지가 봉수를 다른 고교에 진학토록 하는 바람에 셋만 같은 고교에 갈 수밖에 없었다. 그런 가운데 일주마저 진학을 포기한다면 우정으로 맺어진 사총사의 결속은 지속되기 어려운 노릇이었다.

성우는 집으로 오는 차 안에서 일주의 진학을 두고 생각에 잠겼다. 물론 일주가 자신의 기대를 저버리지 않을 거라고 믿고 싶지만 그건 어디까지나 바람일 뿐이었다. 또 일주의 진학을 자신이 돕는다고 해도 일주가 과연 도움을 받을지도 미지수였다. 그렇다면 일주 스스로가 진학하는 외엔 다른 방도가 없어 성우는 그쯤에서 생각을 접어야 했다.

일주는 입학식에 오지 않았다. 일주는 입학식이 끝날 무렵에야 모습을 나타냈다. 실망스러워하는 성우와 창대에게 '집안 형편을 고려해 야간고교를 택했노라'고 했다. 덧붙여서 '야간고교는 등록금도 싼 데다 실업계여서 졸업 후에 취직이 용이하다'고 했다. 하지만 창대는 노골적으로 아쉬워했다.

"그렇다고 해도 그렇지. 우리와 상의할 수 있는 일이었잖아?"

성우는 생각이 달랐다. 일주가 자기 어머니의 부담을 덜어주기 위해 야간고교를 택한 건 불가피한 것으로 이해했다. 그리고 일주가 학교는 다르지만 그나마 인근 학교에 다니게 된 것을 다행으로 여겼다.

성우의 표정이 밝자. 일주가 쾌활하게 굴었다.

"대장! 웬 돈을 그렇게 많이 하사했어? 어머니에게 대장이 그릇 밑에 돈을 두고 갔다고 말씀드렸더니 첨엔 기뻐하시다가 나중엔 우셨어. 나도 울었지만, 정말 고마워. 은혜는 잊지 않을게."

"그런 일이 있었어? 난 몰랐는데 역시 우리 대장이 최고야."

"자식들, 공연한 소리를 하고 있네. 그런데 중똘! 울었다는 놈 치곤 꽤나 즐거워하는 건 또 뭐냐? 무슨 좋은 일이라도 있어?"

"있지, 나도 너희처럼 고등학교에 가게 되었으니까."

"자식, 싱겁긴. 우린 섭섭한데."

그제야 창대도 표정을 풀고 일주를 격려했다.

"나는 네가 고교에 진학 않겠다고 했을 때 속으로 욕했어. 그런데 지금 네 말을 듣고 보니 네 선택이 잘 된 것인지 몰라."

"이해해줘서 고마워. 너희들 내가 다른 학교를 간다고 해서 사총사에서 제외시키진 않겠지?"

"그걸 말이라고 해?"

"참, 상똘은 지금 어디 있어?"

"저녁에 계림극장 앞에서 만나기로 했어. 너도 올 거지?"

"당연히 가야지."

"대장! 우리 단합 모임에 삐리들 몇 명 초빙할까?"

"거 좋지. 우리가 아는 애들이야?"

"아마 모를 거야. 애숙이 친구들인데 한주여중 출신이야. 모두 쭉쭉빵빵해. 암튼 기대해도 좋아"

"애숙이가 누군데?"

"응, 내가 젖통을 키워준 애야. 옆집에 살아."

"자식, 난체하긴. 젖통이 아니고 심통이겠지."

"참말이래도? 개통식(성관계)도 할 뻔했는데."

"알았어, 하똘. 내 믿어주지."

"뚱뚱한 놈이 마른 장작 빰치네 그려."

그날 저녁, 계림극장 근처 한 분식집에서 사총사가 모였으나 창대가 데려오마고 호언장담한 여학생들은 코빼기도 보이지 않았다. 셋은 속았다면서 한 목소리로 창대를 성토했다. 물론 창대는 그럴 리 없다고 극구 변명을 했으나 통할 리 없었다. 결국 창대는 친구들

볼 면목이 없었는지 여학생들에게 연락을 취해보겠다며 나간 뒤 그 역시 오리무중이 되었다. 그 바람에 셋은 창대가 애당초 뻥을 친 걸로 단정 짓고 이후 기회 있을 때마다 그 일을 들먹여 창대를 궁지로 몰았다.

그렇듯 사총사가 작은 일화로 추억을 엮는 동안 시간은 흘렀다. 그리고 그들 모두 고등학교에 진학했다. 고등학교 진학 이후 넷은 예전처럼 자주 어울리지 못하지만 그럼에도 남다른 우의와 결속은 여전했다. 그런 가운데 변화가 있었다면 일주 어머니가 몸에 생긴 암으로 세상을 떠났다는 것과, 그 때문에 일주가 외가 쪽 친척집에서 학교를 다녀야 한다는 것이었다. 일주로선 어머니를 잃은 슬픔에다 눈치가 보이는 친척집 살이로 힘든 나날을 보낼 수밖에 없었다. 그나마 친척집이 학교에서 멀지 않은 마장동에 있어서 학교를 다닐 수 있다는 게 한편으론 다행이었다. 성우는 그런 일주가 딱해 자기 집에 들어와 함께 살 것을 권유했으나 일주는 마다했다. 지금처럼 신문 배달과 우유 배달을 하며 남의 신세를 지지 않겠다는 게 그 이유였다. 일주는 다만 감당키 어려운 일이 생기면 그때 도움을 청할 테니 외면치 말라고 해서 '그렇게 하마'고 언약은 해주었다.

8월 초순의 어느 날 밤, 성우는 꿈을 꾼다.

❊ ❊ ❊

푸르러야 할 하늘과 바다가 온통 진홍색이다. 여름철에 나타나는 검붉은 적조완 사뭇 다르다. 참으로 괴이한 현상이다. 불현듯 항구에서 얻어들은 어느 늙은 어부의 말이 생각났다.

'하늘과 바다가 똑같이 핏빛으로 물들면 그건 세상 어딘가에서 사악한 기운이 움트던가 혹은 사악한 자의 출현을 알리는 징조이다. 또 그 핏빛 바닷물에 손을 씻거나 몸을 담근다면 그 역시 사악한 자가 된다. 그렇지만 내가 육십 평생 뱃일을 했어도 그런 현상은 단 한 번도 목격하지 못했다.'

그럼에도 그 늙은 어부가 말한 진홍의 하늘과 바다를 지금 목도하고 있으니, 어쩌면 늙은 어부의 말이 사실일지 모른다.

뒤편 바위 곁에서 아까부터 수런거림이 들려 왔다. 무슨 얘기를 하는지 몰라도 음성이 귀에 익어서 사총사인 내 친구들 같다. 그리고 그런 수런거림을 암암리 인지하고 있었기에 이 두렵고 불길한 광경에서도 마음이 든든한지 모른다. 내 친구들도 이 세기말적 광경을 보고 있을 테지……. 그들은 어떤 생각들을 하고 있을까? 나처럼 두렵거나 불길하게 여기지는 않을까.

친구들이 나처럼 해변에 있는 건 며칠 전 의기투합한 결과에 의해서다. 선편이 원활치 못해 섬 주민들이 생필품 부족으로 고통을 겪고 있다는 소식을 듣고 우리 사총사가 나선 것이다. 우리의 소임은 배에 생필품을 싣고 외딴섬에 사는 주민들에게 생필품을 전하는 일이다. 엄밀히 말하면 무료 봉사는 아니다. 배의 운항에 필요한 기름과 먹을거리 등과 그 외 필요 경비를 해당 군에서 지원받았는데 밝힐 수는 없으나 액수가 좀 된다. 액수를 밝히지 않는 건 최대한 아껴 나중 똑같은 스즈키복(위아래가 붙은 작업복)을 맞춰 입을 요량에서이다. 출항은 내일이고 우리가 타고 갈 배는 4톤짜리, 일명 '똑딱선'이다. 사실 그게 살짝 불만이다. 좀 더 큰 배를 기대했는데, 그러나 선원이 선장인 나를 포함해 네 명뿐이니 그에 맞추다 보니 4톤짜리 목선이 자의반 타의반으로 정해진 셈이다. 바람이 있다면 온통 진홍색으로 변한 하늘과 바다가 한시바삐 본래의 푸름을 되찾아 내일 출항이 원만히 이루어졌으면 하는 것이다.

붉은 태양을 창공에 두고 넘실대는 푸른 바다를 항해하는 일은 언제나 즐겁고 보람차다. 그렇기 때문에 너나없이 배를 타는지 모르겠다. 하지만 간혹 기분이 언짢고 근심스런 때도 있으니 지금이 그런 때라고 할 수 있다. 바로 엔진 때문이다. 10여 분 전, 기관실을 맡은 일주가 조타실과 연결된 수직 파이프를 통해 "엔진에 문제가 생겼어. 소음도 크고 시커먼 연기를 내뿜으니 심상치 않아."라고 했는데 그 말을 뒷받침하듯 배의 속도가 현저히 느려졌다. 이대로 가면 십중팔구 엔진이 꺼져 표류하거나 아니면 왕재수가 없어 배에 불이 붙거나 둘 중 하나일 텐데 문제가 아닐 수 없다. 물론 일주가 엔진을 살펴보고 있긴 하나 단언컨대 그건 형식적이고 위선적 행위일 뿐이다. 왜냐면 일주 그 자신이 엔진의 고장 원인을 잘 알고 있으니까. 나도 마찬가지이지만. 엔진이 이상하게 된 건 기름을 분사하는 부란자(플런저)의 핀 탓인즉, 그 핀이 이즈쓰(일본제) 신품이 아닌 도금을 한 재생품이기에 눌러붙어 고장을 일으켰을 것이다. 그렇다면 재생 부란자와 그 핀이 어떻게 엔진에 사용되었는가. 그에 대한 책임은 전적으로 일주에게 있다. 일주가 떠돌이 장사꾼에게 싼값에 재생 부란자를 구입했기 때문이다. 그뿐이랴 정품을 산 양 차액을 챙기기까지 했으니 일주는 여러모로 죄가 크다고 하겠다. 그렇지만 나 역시 책임에서 자유로울 수 없다. 화물 담당인 창대로부터 일주가 재생 부란자를 샀다는 걸 귀띔받고도 묵과했으니 어찌 보면 일주보다 선장인 내게 더 책임이 있는지 모른다. 그러나 팔이 안으로 굽는다고 그의 비리를 눈감아준 내 잘못은 저만치 두고 일주의 죄상만 부각된다. '일주, 이 자식! 어디 두고 보자.'

배가 완전히 서버리자 기관실에서 일주가 갑판으로 나왔다. 봉수와 창대가 걱정이 되는지 일주에게 다가갔다.

"배가 섰는데 고장 난 게 아냐?"

"엔진에 문제가 생겼어. 금방 고칠 거야."

일주의 얼굴과 손에 검은 기름이 묻어 있다. 지금껏 엔진과 씨름한 듯했다.

나도 조타실에서 나와 부아를 억누르고 일주에게 말을 걸었다.

"내가 도울 일은 없을까?"

"고마운 말이지만 나 혼자서도 충분해."

일주는 기지개를 켜듯 가슴을 벌려 심호흡을 몇 번 하곤 다시 기관실로 들어갔다. 잠시 후 일주가 장담한 대로 엔진을 고쳤는지 통통거리는 소리가 기관실에서 났다. 배가 다시 움직였다. 그에 따라 일주에 대한 불편한 심기도 누그러졌다.

지금 속도라면 목적지인 소양도에 30여 분이면 당도할 것이다. 소양도로 가는 이유는 물론 섬 주민들에게 전할 생필품 때문이다. 생필품은 밀가루와 쌀, 설탕과 소금, 비누 등 여러 종류인데 모두 큰 골판지 상자로 다섯 개이다. 그러고 보니 섬 주민도 세 가구에 달랑 다섯이니 한 개의 상자가 한 사람의 몫이 되는 셈이다. 소양도에 도착해 섬 주민들에게 생필품 상자를 넘겨주면 오늘의 소임은 끝난다. 그러면 귀항이다.

우리가 갈 소양도 근방에 붉은 바위가 선돌마냥 솟은 섬이 하나 있다. 소양도 사람들은 그 섬을 단도(丹島)라고 부르는데 소양도보다 좀 작은 무인도이다. 이 단도도 예전엔 사람들이 살았다고 한다. 그러나 수년 전 한 외지인이 단도에 들어와 양귀비(아편)를 재배하고 섬 주민까지 살해하는 바람에 섬 주민들이 전부 떠났다고 했다. 그런데 당시 살인을 저지른 그 외지인을 경찰들이 잡으려고 섬을 샅샅이 뒤졌으나 끝내 잡질 못했다는 것이다. 소문에 의하면, 그 외지인은 사람이 아니라고 했다. 허울만 사람이지 기실 악귀였을지 모른다는 것이다. 그 외지인이 섬에 들어온 이래 식사를 하는 걸 일절 보지 못했다는 것과, 섬에서 방목하던 염소들이 한 달이면 서너 마리씩 이유 없이 죽어 나자빠지는데, 죽은 염소들은 하나같이 간과 염통 등 내장이 없는 흉측한 상태였기 때문에 그러하다는 것이다. 물론 그 외지인 짓이라는 단도 주민의 얘기가 소문이 되었겠지만 듣는 사람은 소름이 끼치는 일이 아닐 수 없었다.

이런 얘기를 왜 하느냐 하면은, 지난번 단도를 지날 때 어떤 사람이 우리 배를 향해 손을 흔든 적이 있어서였다. 소양도 사람들에게 이 얘기는 할 수 없었다. 단도에서 사람을 봤다고 하면 잔뜩 겁을 먹을 테니까. 암튼 그때 우리는 그 사람이 우리에게 의례적으로 손을 흔든 것으로 치부하고 그냥 갈 수밖에 없었다. 그래서 이번에도 소양도로 해서 다시금 단도를 지나가니 또 사람을 보게 될까 궁금해하는 건 당연지사였다. 갑판장 봉수는 아예 단도에 들러 살펴보자고 하는데 귀항길이고 하니 그럴 생각도 없지 않다.

소양도에 우리 똑딱선이 닿았다. 마중 나온 다섯 주민이 환호로 우릴 반겼다. 개중에는 박수를 치는 이도 있었다. 우리는 이런 환영을 늘 겪어 당연하게 여기지만 섬 주민들은 우리를 근 한 달 만에 보니 그럴 만도 했다. 우리는 환영에 대한 답례품(생필품)을 섬에 부리고 비상 약품에다 우편물까지 주민 대표 격인 아저씨에게 몽땅 넘겨줬다.

귀항을 조금 늦추었다. 천식을 앓는 할머니를 위로하느라 금방 뱃머리를 돌릴 수 없어서였다. 우리가 가져온 비상 약품에 천식 약도 들어 있을 테지만 나을 병이 아니어서 못내 안타까운 심정이었다. 그새 주민 대표가 말린 농어와 우럭을 10여 마리 가져와 우리에게 안겼다. 은근히 고마웠다. 못 이기는 척 받았다. 이게 사람 간의 정이 아니겠는가. 해풍에 말린 농어와 우럭을 적당히 간해 쪄 먹으면 그야말로 밥도둑이 따로 없다. 농어나 우럭 같은 건어물은 여타 섬 주민들에게서 심심찮게 받긴 해도 받을 때마다 고마운 건 바로 그 때문인지도 모른다.

귀항은 언제나 들뜨고 즐겁다. 선창에 있는 선물 받은 건어물을 떠올릴라 치면 즐거움이 배가된다. 하지만 바다에서의 들뜸과 즐거움은 오래갈 수 없다는 건 뱃사람이라면 누구나 아는 일이다. 자신의 운명을 바다에 맡긴 이상 즐거워도 기뻐도 터놓고 내색하지 말라는 뜻일 게다. 하물며 원동기 엔진을 장착한 4톤짜리 똑딱선을 탄 우리들임에랴.

그걸 증명이나 하듯 잠잠하던 바다에 바람이 일더니 물결도 덩달아 거칠어졌다. 그에 따라 우리의 들뜸과 즐거움도 금세 사그라졌다. 단도가 바로 눈앞인데 말이다. 지난번과 달리 사람의 모습은 보이지 않는다.

나는 애초 '단도에 들러 살펴보자'는 봉수의 제의에 응할 생각이었다. 그러나 지금 바다의 사정이 좋지 않은 터라 가고 싶은 마음이 사라졌다. '단도에 가보자'던 봉수도 별 말이 없는 걸 보면 나와 같은 듯하다. 그런데 이 무슨 돌발 상황이란 말인가. 기관실에서 나온 일주가 봉수의 말을 귀동냥이라도 했는지 다짜고짜 단도에 가자고 한다. 참으로 엉뚱하다. 정작 단도에 가자던 봉수는 잠자코 있는데 말이다.

"야, 일주! 지금 바다 사정이 좋지 않아. 다음에 가면 안 될까?"

"다음에 간다는 보장이 어디 있어? 이번 항차가 마지막이 될지 모르는데."

"다른 팀들 대부분 10항차 이상이잖아. 우린 이제 8항차이니 다음에도 기회가 있을 거야."

"지금이 기회라고 생각해. 까짓것 풍랑이 조금 이는 것뿐인데. 시간도 충분하니 가자."

일주가 고집을 부린다. 이럴 친구가 아닌데……. 이런 때 봉수와 창대가 나서서 일주를 만류해줬으면 좋으련만. 가만히 있는 건 또 뭐람.

"봉수! 네 생각은 어때?"

"왜 나를 걸고넘어져? 그건 선장이 결정할 사항 아냐?"

"창대 너는?"

"나는 가도 그만, 안 가도 그만이야."

분위기가 어째 이상하다. 하지만 그때, 분위기만 이상한 게 아니었다. 우리가 설왕설래하는 사이 배가 저절로 단도 쪽으로 흘러가는 상황이 벌어졌다. 조류나 편서풍 탓으로 돌리기엔 납득이 가지 않는 묘한 일이었다. 바다마저도 일주 편을 들다니……. 일주의 얼굴에 득의의 미소가 어렸다.

이런 상황에서 내릴 수 있는 결정은 오직 하나, 단도로 가는 수밖에 없었다.

"우린 사총사잖아. 한 명이 원하면 셋이 따라야 하는……."

"그러게 말이야. 우린 사총사야. 살아도 함께, 죽어도 함께 아니겠어?"

일주의 '살아도', '죽어도'가 왠지 귀에 거슬렸다. 귀에 거슬리다니? 나 스스로 생각해도 이상한 노릇이었다. '살아도' '죽어도'는 우리가 결속을 다지기 위해 늘 입버릇처럼 하는 말인데……. 단도에 가야 한다는 중압감 때문만이 아닌, 꼭 무슨 제3의 무엇에 씌인 것 같다. 그러고 보니 나와 일주뿐만 아니라 봉수와 창대도 평소와 다르게 느껴진다.

조타실에 들어가 배의 키를 잡았다. 배가 제멋대로 흘러가게 내버려둘 수는 없었다. 배의 선수를 단도로 향하게 하여 집들이 있는 해안 쪽으로 배를 천천히 몰았다. 필시 사람이 살지 않는 빈집들일 테지만. 배를 댈 만한 곳은 방치된 간이 배터, 즉 선착장이었다. 바다로 돌출된 석축 일부가 허물어졌어도 배를 대는 데는 별 어려움이 없어 보였다.

뱃머리가 선착장에 닿을 즈음 나는 배의 엔진을 껐다. 통통거리던 소음이 사라지니 갑자기 사방이 적적할 정도로 고요해졌다. 봉수가 재빨리 선착장에 올라섰다. 그러자 창대가 때맞춰 배를 고정시킬 밧줄을 봉수에게 던졌다. 그리고 자신도 배에서 내렸다. 나는 일주에 이어 맨 나중에 내렸다. 사람들이 살다 간 흔적이 여기저기 눈에 띄었다. 유리가 달린 폐어구와 폐그물 외에도 빈 병과 플라스틱 용기 등속의 생활 쓰레기였다. 그 때문인지 징그러운 광구벌레는 어찌나 많은지 광구벌레를 겁내는 창대는 발 내디디기가 영 죽을 맛일 것이다.

그런데 정작 우리를 실소케 한 건 선착장 어디에도 밧줄을 묶을 만한 쇠말뚝이나 러그(lug)조차 없다는 것이다. 누군가가 돈 되는 철물로 여겨 빼 가는지 모르겠으나. 우리가 어이없어 웃긴 했어도 배를 고정시켜야 한다는 점에 있어선 결코 웃어넘길 사소한 일은 아니었다. 재앙은 사소한 것에서 비롯될 수 있으니까.

다행히 선착장 주변에 큼직한 입석이 있어서 배를 매는 문제는 해결되었다. 그렇지만 배와의 거리가 멀어 밧줄을 잇는 수고를 해야 했다. 입석은 섬 이름이 음각된 표석이었다. 그런데 표석에 주암도(朱岩島)로 적혀 있어서 본래 이 섬의 명칭이 단도가 아닌 주암도임을 일깨워주었다.

걸음이 자연스럽게 집이 있는 곳으로 향했다. 선착장에서 빤히 보이는 언덕에 네댓 채의 집이 띄엄띄엄 자리해 있었다. 환한 대낮이고 망초와 강아지풀 사이로 길이 나 있긴 해도 사람이 살지 않는다는 걸 아는 탓에 긴장이 되는 건 사실이었다.

첫 번째로 당도한 집은 대문과 방의 문짝만 없을 뿐 온전한 형태를 하고 있었다. 버려진 여러 개의 장독과 마당 곳곳에 쑥부쟁이가 자라고 있다는 것 외엔 특별한 게 없었다. 그 때문에 근래 사람이 산 것 같진 않았다. 두 번째, 세 번째 집도 퇴락한 느낌을 자아내는 가운데 앞서 본 첫 집과 대동소이했다. 그런데 세 집 모두 대문과 방의 문짝이 없다는 점에서, 경찰이 살인범을 잡기 위해 집을 수색하는 과정에서 뜯지 않았나 하는 생각이 들었다.

네 번째 집은 대문과 방문이 없음은 물론, 함석지붕마저 내려앉아 집이라고 할 수 없었다. 그러나 눈길을 끄는 건 무너진 담장 안에서 자라는 석류나무와 잎이 아기 손가락처럼 생긴 무화과 나무였다. 두 나무 모두 크지는 않지만 열매가 달렸다는 점이 신통했다. 길은 네 번째 집 뒤로 해서 위로 났는데 그곳에서부터 한 사람이 다닐 수 있을 정도로 길 폭이 좁아졌다. 그리고 잠시 만에 고갯마루 같은 능선에 다다랐다. 왜 능선이냐면, 그곳에서 섬 뒤쪽의 해안을 봤기 때문이었다. 새로운 해안은 발아래 있었다. 그러나 그곳으로 가는 건 불가능해 보였다. 가파른 경사지였기 때문이었다. 그러니 길이 있을 리 없었다. 하지만 다른 길은 있었다. 능선 가장자리로 난 길이었다.

짐작으론 해안으로 가는 길이 아닌, 붉은 선돌이 있다는 섬 꼭대기로 난 길 같았다. 물론 사람의 발길이 끊어진 탓에 윤곽만 남아 있긴 해도 길은 길이었다.

이쯤에서 나는 그만 둘러보는 게 좋지 않을까 하는 생각이 들었다. 그래서 친구들의 의향을 물으려고 했다. 그러나 그 시도는 무위가 되고 말았다. 일주가 벌써 길게 자란 풀과 뻗친 나뭇가지를 헤치며 길을 갔기 때문이었다. 불러 세우기는 이미 늦어 따라갈 수밖에 없었다. 일주가 암만해도 이상했다. 평소 차분하고 나서길 싫어하던 친구가 아니던가. 이렇듯 유별나게 구는 꿍꿍이를 도무지 알 수가 없었다.

얼마를 더 갔지만 길은 내내 험했고 또 오르막이었다. 그때까지 특이 사항이나 이렇다 할 사람의 흔적은 발견되지 않았다. 그래서 힘도 들고 해서 이제는 사총사의 일원이 아닌 선장의 직권으로 돌아가자고 말할 작정이었다. 그런데 그마저도 일주가 훼방을 놓았다. 앞서 가던 일주가 뭔가를 보았는지 우리를 돌아보며 소리쳤다. 뭔가 있다는 것이었다. 그 뭔가를 나도 보게 되었다. 절벽 쪽으로 치우쳐서 팽나무와 대나무에 가려 옆면만 약간 드러난 집의 형태였다. 짐작으론 크기가 작아 집보단 움막으로 생각되었다. 가까이 가서야 확인할 수 있었던 건 집도 아니고 움막도 아닌 제당이었다. 색이 바래기는 했어도 붉고 푸른 천 조각이 처마 끝에 걸려 있어 바로 알 수 있었다. 해신에게 제사를 지내는 제당이라니, 기분이 으스스했다. 가급적 빨리 벗어나는 게 상책이었다. 하지만 그럴 수 없는 일이 발생하고야 말았다. 일주가 제당 앞으로 성큼 가더니 섬돌에 올라서자마자 제당 문을 벌컥 열어젖히는 거였다. 나는 경악했고 무서움에 가슴이 철렁했다. 더욱이 일주가 제당 안으로 손을 뻗쳐 하얀 남자 고무신 한 켤레를 꺼내 우리에게 보여줬을 때 무서움은 극에 달했다. 일주가 제정신이 아닌 걸 나는 그제야 확실히 알 수 있었다. 솔직히 일주가 두려웠다. 나는 애써 일주를 외면한 채 급히 발길을 돌렸다. 한시바삐 배로 돌아가고픈 마음에서였다. 다행히도 봉수와 창대가 내 의도를 알았는지 뒤따라왔다. 그런 와중에도 일주가 어련히 따라오겠지 하고 생각했다. 그때 내 앞을 뭔가 휙 하고 빠르게 지나쳤다. 일주였다. 그의 손엔 여전히 하얀 남자 고무신이 들려 있었다.

허겁지겁 선착장에 돌아왔어도 마음고생은 그게 다가 아니었다. 어찌된 일인지 배가 선착장에 있지 않고 저만치 벗어나 있었다. 입석에 묶어둔 밧줄이 풀린 탓이지만 저절로 풀렸다고는 생각할 수 없었다. 우리가 섬 위로 간 사이 누가 밧줄을 푼 게 분명했다. 그렇다면 제3자가 밧줄을 푼 뒤 이 섬 어딘가에서 우릴 지켜보고 있을지 모를 일이었다. 소름이 쭉 끼쳤다. 지난번 손을 흔든 사람이 언뜻 기억났다. 혹 그 사람이 지금껏 섬에 남아 있었다면 밧줄을 풀었을 개연성이 다분했다. 그때였다. 풍덩 하고 물소리가 났다. 돌아보니 일주가 바다에 뛰어든 것이다. 배를 끌어오는 건 의당 선장인 내가 해야 할 일인데 일주가 하다니……. 그러나 이렇듯 설쳐대는 일주가 고맙지만은 않았다. 제당에서 일주가 보인 난폭한 행동 때문이었다. 그 와중에 일주가 개헤엄 정도 치는 줄 알고 있는데 그 예상은 한참 빗나갔다. 지켜보는 우리가 어안이 벙벙하리만치 너무나 헤엄을 잘 쳤다. 마치 빠르게 물을 가르며 내닫는 물고기 이상이었다. 결코 사람의 수영이라고 할 수 없었다.

일주가 단숨에 배를 끌어왔다. 분명 박수를 받을 일이었다. 그런데 나를 위시한 두 친구들은 박수를 칠 수 없었다. 심장이 멎는 듯한 공포 때문이었다. 뭍으로 나온 건 일주가 아니었다. 온통 피를 뒤집어쓴 흉측한 괴인이었다. 피의 괴인은 피의 발자국을 남기며 점점 우리에게 가까이 왔다. 우리는 본능적으로 뒷걸음질을 쳤다. 그런 한순간, 피의 괴인이 하늘을 향해 번쩍 두 팔을 치켜들었다. 그러자 놀라운 일이 벌어졌다. 하늘이 응답하듯 빠르게 진홍색으로 물드는 것이었다. 하늘의 진홍이 곧 바다 위를 덮쳤다. 하늘과 바다가 온통 진홍으로 변했다. 모든 게 초현실적 상황이었다.

진홍의 세상은 그리 오래지 않아 끝이 났다. 탈진한 모습의 일주를 본 것도 그 직후였다. 우리는 얼른 일주를 부축해 배로 옮겼다. 그리고 선장인 나는 창대에게 일주를 대신해 엔진을 가동하라고 지시했다. 창대가 즉시 기관실로 들어갔다. 배가 서서히 움직였다. 마음이 한결 놓였다. 이제 일주를 선실로 데려가 안정을 취하게 하면 되었다. 우리가 때로 침실로 사용하는 선실은 선창 옆에 있는 여분의 공간이었다. 여분의 공간이란 건 그만큼 협소하다는 뜻이다. 덩치 큰 봉수가 선실을 늘 개집이라 하고 입구를 개구멍이라고 하는 것도 그런 이유에서이다.

일주가 그새 좀 나아졌는지 창백하던 얼굴에 핏기가 돌았다. 그럴지언정 마음을 놓을 수 없었다. 봉수가 일주를 추스르는 동안 나는 선실의 덮개를 열고 안으로 들어갔다. 일주가 안정을 취할 수 있도록 어질러놓은 것들을 치울 생각에서였다. 선실은 전등이 없었다. 물론 갑판 아래여서 어두컴컴했다. 그렇지만 주위 사물을 식별하지 못할 만큼은 아니었다.

선실 안쪽에 옷 보따리로 보이는 푸르스름한 뭔가가 놓여 있었다. 못 보던 물건이어서 의아스러웠다. 한 발짝 가까이 가서 팔을 뻗치면 닿을 수 있는 거린데 왠지 손을 대기가 망설여졌다. 그래도 무엇인지 확인은 해야 하지 않는가. 마침 빗자루가 있어 짐짓 바닥을 쓰는 척하면서 푸르스름한 그 뭔가를 툭 건드렸다. 예상치 않게도 약간 물렁한 느낌을 받았다. 물건이 아닌 것이다. 갑자기 불안한 생각이 들어 봉수를 불렀다. 그런데 봉수가 무엇을 하는지 대답이 없었다. 크게 서너 번 더 불렀다. 대답이 없긴 마찬가지였다. 덮개가 열린 상태이긴 해도 여전히 불안해 그냥 선실을 나가고 싶었다. 선실을 나가려면 사다리 모양의 나무 계단을 밟고 올라서면 그만이었다.

아! 그런데도 나는 선실을 나갈 수 없었다. 타의에 의해 내 발이

제압되지 않았다면 나는 단숨에 선실을 나갔을 것이다. 계단에 막 발을 올리려는 그 차제였다. 별안간 어떤 억센 손아귀가 내 발목을 움켜잡았다. 기겁을 했다. 서운하게도 그 누구도 선실을 들여다보지 않는 것도 내겐 불행이었다. 나는 잡힌 발을 빼려고 버둥댔다. 하지만 소용이 없었다. 무서움에 질려 뭐가 내 발목을 잡았는지 감히 돌아볼 용기가 나지 않았다. 단지 안쪽에 놓였던 푸르스름한 보따리 같은 게 내 발목을 잡지 않았나 생각할 따름이었다.

발을 빼려고 계속해서 버둥거렸다. 그럴수록 발목을 잡은 손아귀는 더욱 옥죄여졌고 고통도 더했다. 위기를 느꼈다. 그러나 짧은 명을 타고났을지라도 당장 죽으란 법은 없는 모양이다. 그런 중에 선실 입구에 사람의 얼굴이 힐끗 비쳤다. 봉수인지는 모르겠으나 결과는 그 얼굴이 나를 살린 셈이다. 얼굴이 비쳤을 때 동시에 발목을 잡은 손아귀가 약간 느슨해졌다. 기회였다. 온 힘을 다해 다리를 치켜 뺐다. 다리가 빠졌다. 재빨리 계단을 밟고 선실을 나왔다. 그리고 반사적으로 선실을 들여다봤다. 내 발목을 잡고 나를 괴롭힌 그 뭔가를 보기 위함이었다. 하지만 보이는 건 선실 바닥뿐이었다. 믿을 수가 없었다. 내가 방금까지 뭔가에 발목이 잡혀 큰 곤욕을 치렀는데 아무것도 없다니……. 그래서 고개를 좀 더 숙여 푸르스름한 것이 놓였던 선실 안쪽을 살폈다. 그런데 분명 그 자리에 있어야 할 푸르스름한 것마저도 보이지 않는 것이다. 내가 헛것을 보고 또 허깨비에게 당한 걸까. 결코 그렇지 않았다. 긴가민가하면서 거듭 선실을 살피던 중 뜻밖에도 하얀 남자 고무신 한 켤레가 눈에 띄었다. 푸르스름한 뭔가가 놓였던 맞은편 구석에서였다. 일주가 제당에서 가져온 그 고무신 같았다. 왜 저 고무신이 저기에 있을까. 그러나 의구심도 잠시, 눈앞에서 뭔가 번뜩했다. 어쩌면 인광일지 모른다는 생각이 퍼뜩 들었다. 그게 실마리였다. 나는 비로소 그 푸르스름한 보따리의 실체가 화수도인이란 것을 깨달았다. 나는 확신이 서자 곧 화수도인을 응징하기 위해 가격할 거리를 찾았으나 손에 잡히는 게 없었다. 그리고 분하게도 그때 새로운 시공이 열릴 줄이야. 곧 시야가 불분명해졌고 의식도 가물가물해졌다.

# 6

밤새 비가 오다 말다 한 탓인지 꿈자리가 뒤숭숭했다. 그리고 창문 틈을 통해 까마귀 울음소리까지 들렸다. 아침부터 까마귀 울음소리라니, 조금은 언짢았다. 꿈도 그렇고. 잠자리에서 일어나 창부터 열었다. 비는 그쳤지만 하늘이 우중충했다. 비가 다시 내릴 모양이다. 구름이 잔뜩 낀 하늘을 보면서 어제 영월로 떠난 양부모와 순영 누나가 은근히 걱정이 되었다. 그들은 예정대로라면 늦어도 오후 무렵에 돌아올 터이다.

아침 식사 후 봉수네 집에 전화를 걸었다. 전화를 한 이유는 딱히 없었다. 그저 집에 있으면 불러낼까 하는 생각에서였다. 그러나 봉수는 집에 없었다. 전화를 받은 그의 어머니가 봉수가 밖에 나갔다고 말할 뿐 어디로 갔는지는 모른다고 했다. 그래서 전화 왔다고 전해달라고 말하고선 전화를 끊었다. 여름 방학 전에 봉수를 잠깐 만난 적이 있었다. 봉수가 방학이 되면 친척이 하는 당구장에서 아르바이트를 할 거라면서 그때 놀러 오라고 했는데, 아마도 그곳에 있을 거라는 짐작이 들었다. 그렇다면 창대에게 연락해 함께 가는 것이 좋을 듯싶었다. 창대는 정육점을 하는 아버지를 돕느라 필시 집에 있을 것이다.

예상대로 창대는 집에 있었다. 그런데 부모님이 출타 중이어서 혼자 가게를 보느라 봉수에게 갈 수 없다는 것이었다. 그리고 한다는 말이 '방학을 뜻있게 보내기 위해 날 잡아 바닷가로 캠핑을 가자'고 했다. 그렇잖아도 마음 한구석에 캠핑에 대한 생각을 지녔는데 잘됐다 싶어, '적극 찬성이니 일간 만나 구체적인 계획을 세우자'고 응답해주었다.

거실과 방을 오가며 시간을 보내려니 조금은 따분했다. 은영이가 눈에 띄지 않는 걸 보면 2층 자기 방에서 여태껏 자고 있는 것 같다. 가정부 아주머니에게 말해 은영을 깨워달라고 하려다 관두었다. 거실 벽에 걸린 괘종시계가 어느덧 11시를 가리키고 있었다. 은영이가 깨면 밖으로 나가야겠다고 마음을 먹어보지만 막상 나간들 갈 곳이 마땅찮다. 하늘도 잔뜩 흐려 금방이라도 비가 내릴 것 같고. 그래도 집에서 죽치기보단 나을 것 같다.

가정부 아주머니가 거실에 들어왔다. 장바구니를 들고 있는 걸 보니 어디 장이라도 보러 나갈 모양이다. 아니나 다를까. 시장에 가신다고 한다. 두 시간쯤 걸린다니 이제 꼼짝없이 집을 지킬 수밖에 없었다. 거실에서 다시금 방으로 돌아왔다. 읽다 만 엘러리 퀸(미국의 작가)의 『폭스가의 살인』을 집어 들고 방바닥에 배를 깔았다. 그때 빗방울이 후드득 떨어졌다. 일어나 창을 닫은 뒤 본래의 자리로 돌아왔다.

황급하게 방문을 두드리는 소리에 정신이 번쩍 들었다. 잠깐 잠이 든 모양이다. 방문을 열어보니 은영이었다. 그런데 은영의 얼굴이 하얗게 질려 있었다. 예사롭지 않다는 느낌이 불현듯 머리를 스쳤다.

"오빠!"

은영은 목이 메는지 말을 잇지 못했다.

"왜 그래? 무슨 일이야?"

"부모님이 사고를 당하셨대! 흐흑……."

은영이 울음을 터트렸다.

"뭐라고? 부모님이 어떻게 되었다고?"

"사고를 당해 돌아가셨다는 거야."

청천하늘에 날벼락이었다. 정녕 믿기지 않았다.

"누가 그래? 너! 거짓부렁 아냐?"

"참말이래도……. 조금 전 김 상무님에게서 연락을 받았어."

돌연 머릿속이 텅 빈 듯 아무런 생각도 나지 않았다. 그리고 온몸에 힘이 쭉 빠졌다. 망연자실한 은영이가 울고 있는데도 어찌할 바를 몰랐다. 부모님이 돌아가셨다니 세상에 어떻게 이런 일이…….
너무나 허탈했다. 차츰 슬픔이 밀려왔다. 집안이 이토록 설렁하고 적막하다는 것을 그때 깨달았다. 눈가에 눈물이 맺히고 복받치는 슬픔을 감내할 길이 없었다. 창가로 가 양부모와 순영 누나를 생각하며 소리 내어 울었다.

정오가 조금 넘어 내리던 비가 그쳤다. 은영이더러 집을 지키게 하고 현지로 가기 위해 가방에 옷가지를 챙기는 중이었다. 그때 연락이 닿지 않던 김 상무에게서 전화가 걸려 왔다. 김 상무는 '자신도 참담한 심정'이라며 운을 뗀 뒤 '사고를 수습하기 위해 노력하고 있다'고 했다. 그러고 나서 양부모가 당한 사고를 개략적으로 알려주었다.

'양부모는 어제 저녁 서울로 돌아가던 중, 광산에서 멀지 않은 주천강 상류에서 사고를 당했다는 것'과 '그간 비가 많이 온 탓에 도로 사정이 좋지 않아 그랬는지 모르지만 양부의 승용차가 도로를 벗어나 강에 추락했고, 그 바람에 변을 당했다고 했다.' 그리고 '외진 곳이어서 다음 날 아침 무렵에 시신이 발견됐고, 시신은 지금 영월 병원에 안치돼 있는데 경찰의 허락이 떨어지면 서울로 운구하겠다'고 했다. 그는 덧붙여서 '함께 동승한 순영과 운전기사는 실종 상태이며 경찰들이 두 사람을 찾기 위해 지금 주천강 곳곳을 수색하고 있다' 고도 했다.

내가 통화 말미에 '현지에 갈 준비를 하고 있다'고 하자 '김 상무는 굳이 오려면 먼저 회사에 연락해 회사 사람들과 상의하라'면서 전화를 끊었다.

김 상무와의 통화가 있은 뒤 양부의 회사에 전화를 걸었다. 과장이라는 사람이 전화를 받았는데 이미 양부모의 사고 소식을 알고 있었다. 그래서 영월 현지로 가려고 하니 차편을 부탁한다고 하자, '관계자를 통해 차편 여부를 알려주마'고 했다. 잠시 후 회사에서 전화가 왔다. 전화한 사람은 부사장이라고 했다. 부사장 말인즉, '차편이야 얼마든지 댈 수 있지만 김 상무에게서 연락이 오기론, 금일 중으로 시신을 운구할 예정이라니 현지에 가기보단 장례 준비를 하는 게 낫지 않느냐'는 거였다. 그리고 '회사도 나름대로 장례 준비 등 대책을 세우고 있다'는 것을 넌지시 밝혔다. 부사장과 통화 후 생각해보니 암만 해도 현지에 가는 건 포기해야 할 것 같았다. 그때 곁에서 통화를 지켜보던 은영이 힘없는 소리로 물었다.

"차를 내준대?"

"부사장 말로는 금일 중으로 부모님 시신을 서울로 운구할 예정이니 장례식 준비를 하라는 거야."

"그럼 오빠는 어떻게 할 참이야?"

"영월로 가는 중에 부모님이 운구될까 그게 걱정돼."

"그럼 영월로 가지 말고 아주머니가 오시면 장례를 준비하는 게 어떻겠어?"

"쉽게 결정을 못 하겠어. 장례 준비가 급하긴 한데……. 암튼 아주머니가 오시면 같이 의논하자."

"알았어. 순영 언니의 소식은 아직 없지?"

"응, 아직도 실종 상태인가 봐. 경찰들이 곳곳을 수색하고 있는데도 시신이 발견되지 않은 걸 보면 분명 살아 있을 거야."

"나도 그런 생각이 들어. 제발! 제발, 살아 있어야 되는데……."

그 말끝에 은영이 참고 있던 울음을 터트렸다. 성우 역시 돌아서서 눈물을 훔쳤다.

가정부 아주머니는 3시쯤 돼서 돌아왔다. 은영에게서 양부모의 사망 소식을 듣곤 첨엔 반신반의, 믿으려 하지 않았다. 그러나 은영이 눈물을 흘리며 자초지종을 말해주자 그제야 사실임을 알고 '어째 그런 일이……' '어째 그런 일이……' 하면서 갈피를 잡지 못하고 매우 황망해했다. 그러다 아주머니 역시 눈물을 보였다. 아주머닌 장례에 필요한 것을 사야겠다며 그길로 다시 집을 나갔다.

늦은 오후, 회사 간부 몇 명이 집을 찾아 와 성우와 은영에게 애도를 표하고 돌아갔다. 개중에는 낯이 익은 양부의 비서도 끼어 있었다. 그는 양부를 수행하지 않은 것이 못내 죄스러운지 고개를 들지 못했다. 이번 양부모의 영월길에 비서가 빠진 건 순영 누나 때문이었다. 순영 누나가 부모와 함께 가지 않았다면 비서는 필시 양부모를 수행했을 것이다. 그랬다면 어쩌면 사고는 일어나지 않았을지 모를 일이었다. 물론 양부모의 불행이 비서에겐 좋은 운은 아닐 테지만. 그들이 간 뒤 TV 뉴스에서 양부모의 사망 소식이 보도되었다. 새삼 슬픔에 복받쳐 남매는 눈물을 떨구는 가운데서도 사고 현장과 아나운서의 말을 끝까지 지켜봤다.

뉴스는 '삼정공영 최중대 사장 부부가 영월에서 사고를 당해 사망했다'는 말머리에 이어 '최중대 사장과 그 부인이 어제 저녁 영월에서 서울로 향하던 중, 타고 가던 승용차가 주천강에 추락했고 미처 빠져나오지 못해 변을 당했는데 함께 동승한 장녀와 운전기사는 지금껏 실종 상태'라는 내용이었다.

날이 어둑해졌다. 그때까지 성우와 은영 남매는 끼니도 거른 채 전화기 옆에서 영월에서 올 소식을 기다렸다. 그사이 성우는 지난번 양부가 담석 수술을 받았던 병원 영안실을 예약해뒀고, 예약 사실을 회사와 영월 광산에 알렸다. 그리고 영월에서 전화가 한 번 왔었는데 운구 절차를 밟고 있다고 했다. 운구가 속히 되지 않아 애가 탔지만 어쩔 수 없는 일이었다. 장례에 소용될 것들을 사러 갔던 아주머니가 돌아왔다.

시간이 차츰 흘렀다. 밤 9시가 거의 다 돼 그토록 기다리던 운구 소식이 왔다. 운구가 늦어진 건 경찰 조사 때문이라고 했고 밤길을 가야 하니 서울까진 대략 여섯 시간쯤 소요될 것이라고 했다. 회사에서도 연락이 왔다. 자신들도 운구를 한다는 소식을 들었다면서 성우가 예약해둔 병원에 이미 회사 직원들이 가 있다고 했다. 그래서 성우는 고마움을 표한 뒤 집이 비니 직원을 보내줬으면 좋겠다고 도움을 요청했다. 상대방이 '알았다'고 짤막하게 대답을 했다. 회사에서 집을 봐줄 사람이 오면 가정부 아주머니와 은영과 함께 장례식장으로 갈 생각이었다.

양부모의 시신을 실은 운구차는 예정 시간보다 한 시간가량 늦은 새벽 4시쯤 장례식장에 도착했다. 김 상무가 따라왔다. 곧 가족인 성우와 은영이 시신을 확인하고 나서 장례 절차가 진행되었다. 장례는 5일장으로 치르기로 했다. 사망한 양부모에겐 친인척이 없어 미성년인 성우와 은영 남매가 빈소를 지켜야 하는 서글픈 장례였다. (양부는 6 · 25 때 이북에서 단신 월남했고 양모 역시 친언니와 함께 이북에서 이남으로 피난 왔지만 전쟁통에 친언니와 헤어져 홀로 되었다.) 주검으로 맞이한 부모를 앞에 두고 은영은 절절한 슬픔에 오열을 멈추지 않았다. 성우도 비통한 심정에서 내내 흐느꼈다. 부모의 죽음을 깊이 실감하는 시간이었다.

5일 후 양부모의 시신은 파주에 있는 한 야산에 안장되었다. 그때가지도 순영 누나는 실종 상태였다. 답답한 마음에서 성우는 금명간 직접 영월에 가보기로 마음을 먹었다. 슬픔에 잠긴 은영을 생각해서라도 그래야 할 것 같았다. 장례를 치르는 사이 봉수와 창대에게 전화가 왔었다고 가정부 아주머니가 알려줬지만 성우는 그들에게 연락을 취하지 않았다. 다만 아주머니더러 '친구들에게 전화가 오면 집안일로 당분간 만날 수 없다'고 전해달라고 부탁했다.

장례를 지낸 이튿날 오후, 김 상무와 회사 부사장이 성우와 은영을 찾아왔다. 두 사람은 의례적인 위로를 표한 뒤 찾아온 목적을 밝혔다. '지금 광산과 회사 모두 자금난을 겪을 정도로 경영이 어렵다'면서 '회사와 광산의 정상화를 위해 형식적이나마 자신들에게 경영에 대한 전권을 위임해달라'는 것이었다. 남매는 두 사람의 요구에 응할 수밖에 없었다. 그러자 김 상무가 미리 준비한 위임장을 내밀었고 성우와 은영은 나란히 이름을 쓰고 지장까지 찍었다. 그들이 가고 나자 은영이 성우에게 말했다.

"오빠! 괜찮겠어? 아버지 회사와 광산을 빼앗기진 않겠지?"

"회사와 광산은 엄연히 아버지 소유인데 두 사람이 어쩌겠어. 또 형식적이라고 했으니 그들을 믿는 수밖에……."

"어쩔 수 없이 지장을 찍었지만 조금 성급했다는 생각이 들어."

"그렇긴 해."

"그리고 얼마 전 일인데 거실에서 아버지가 어머니에게 얘기하는 걸 들었어. 보석 산출이 지지부진하고 그나마 질마저 떨어져 광산을 포기했으면 좋겠다는 말씀이셨어. 또 김 상무가 물자니, 장비니, 진입로 확장이니 하면서 돈을 펑펑 쓰는 것 같다고도 하셨어."

"그런 말씀을 하시다니……. 하긴 김 상무를 너무 믿은 게 탈이셨지."

"그러게 말이야. 광산을 하지 않았다면 부모님도 돌아가시지 않았을 테고 순영 언니도 지금 우리와 함께 있을 텐데."

성우는 순영 언니란 말에 문득 짚이는 게 있었다. 양부가 대학에서 회계학을 전공한 순영 누나를 영월에 데려간 건 김 상무가 책임자로 있는 보석광산의 경리장부를 살피게 할 목적이 아니었나 하는 것이었다. 나름의 추측이지만 만일 그게 사실이라면 이번 양부모의 죽음과도 어떤 연관이 있을지 모르는 일이었다. 또 석연찮은 사고의 정황도 그렇고. 그러나 성우는 섣부른 추측이 불러올 파장을 우려해 방금 전의 생각을 지워야 했다. 그렇지만 마음 한구석에서 막 움튼 김 상무에 대한 의혹이랄까 혐의만큼은 떨어내고 싶지 않았다.

"순영 누나가 회계학을 전공한 게 맞지?"

"그래, 맞아. 갑자기 그런 건 왜 물어?"

"그냥 확인하고 싶었을 뿐이야. 그건 그렇고 내일 아침 일찍 영월에 가려고 해. 늦으면 영월에서 자게 될지 몰라."

"영월은 왜?"

"응, 광산에 들렀다 시간이 나면 경찰서에 가서 순영 누나의 소식도 알아볼 겸 해서."

"그럼, 나도 갈래."

"초행길만 아니면 함께 가도 되는데……. 암튼 이번은 아냐. 다음에 같이 가도록 하자."

"그렇다면 할 수 없지, 뭐. 혼자 있기가 좀 그러네."

"아주머니와 경비 아저씨가 있잖아. 정 무섭다면 친구들을 부르든가. 그리고 내 친구들한테서 혹 연락이 오면 어디 갔다고 전해줘."

"알았어."

차창 밖으로 보이는 풍경과 사물이 사뭇 선연하다. 새벽에 비가 온 탓이다. 청량리역을 출발한 기차는 바삐 달리며 다가온 경치를 순식간에 뒤로 밀어낸다. 성우는 주머니에 든 기차표를 꺼내 확인한 뒤 다시 주머니에 넣었다. 머리 위, 선반에 둔 배낭도 슬쩍 올려다봤다. 충북 제천으로 해서 영월 도착까진 네 시간 넘게 걸린다고 하니 생각 외로 장거리다. 아침 일찍 기차를 타길 잘한 것 같다. 은영의 얼굴이 떠오른다. 청량리역까지 따라 나와 배웅해준 은영이가 새삼 고맙다. 그리고 한창 나이에 세상을 떠난 양부가 생각난다. 몇 달만 있으면 쉰인데. 정말 어이없는 사고만 아니었다면 얼굴 가득 미소를 띠고 성우야! 부르시던 모습을 여전히 뵐 수 있을 텐데……. 양모도 내게 잘해주었지. 억척스런 면은 있어도 내겐 자상했고 언제나 내 편을 들어주었지……. 그러고 보니 내가 양부모에게 해준 게 없다는 생각에 눈가에 눈물이 고였다. 양부모가 너무 그립다. 객실에 승객이 없다면 목 놓아 울고 싶었다. 성우는 자리에서 일어나 객실 끝에 있는 화장실로 향했다.

성우는 영월역에 도착하자마자 경찰서부터 들렀다. 정문에서 마주친 경찰관에게 '지난번 주천강에서 있은 사고 때문에 왔다'고 하자. 경찰관이 '그 건은 교통과에서 담당했을 것'이라면서 교통과가 있는 곳을 일러주었다. 교통과는 1층 복도 끝에 있었다. 몇 사람의 경찰이 자리에 있다가 성우를 보곤 무슨 일인가 싶어 쳐다봤다. 성우는 그중 계급이 높아 보이는 한 경찰관에게 가서 '지난번 주천강에서 있은 사고에 때문에 왔다'고 찾아온 용무를 밝혔다. 그 경찰관이 '사고를 당한 분들과 어떤 관계냐'고 물어 '사고를 당한 분들이 부모님이고 나는 아들이 된다'고 말해주자 그제야 경찰이 의자를 내주며 앉으라면서 관심을 보였다.

"고인의 아들이라고 했는데 학생인가?"

"예, 고1입니다."

"참으로 안됐네. 부모님이 그런 사고를 당하신 데 대하여 우리도 가슴 아프게 여기고 있네만, 그런데 그 사고 건은 이미 종료된 상태라서……. 뭐 특별히 알고 싶은 거라도 있나?"

"사고에 대해 듣긴 했어도 구체적으론 알지 못해요. 그리고 제 누나를 찾기 위해 지금도 수색을 하고 있는지요?"

"사고에 대해선 우리도 정황만 알지 자세히는 몰라. 사고 현장에 갔던 경찰관들도 지금 자리에 없고 해서 대답할 게 없네. 또 두 사람의 실종과 관련한 수색도 성과 없이 끝난 걸로 아는데……. 학생! 오늘 중으로 돌아가야 해?"

"아니요. 사고 현장도 보고 광산에도 갈까 해요."

"그렇다면 좋아. 내가 주천파출소에 연락을 할 테니 그쪽에 가서 한번 알아봐. 사고 신고를 받고 현장에 맨 처음 갔던 경찰관이 주천

파출소에 근무해. 여기서 시간 낭비하지 말고…….”

“예, 감사합니다.”

성우는 경찰서를 나와 주천으로 가는 버스를 타기 위해 정류장으로 향했다. 기대는 않고 왔지만 별 소득이 없어 맥이 빠졌다. 마음도 발걸음도 똑같이 무거웠다. 정류장에 당도해 주천행 표를 끊은 다음 식당을 찾아 들었다. 다소 이르긴 해도 점심 식사를 해두는 편이 나을 듯했다.

성우는 식사 후 정류장 근처에 있는 가게에서 크림빵 몇 개와 음료수를 사서 배낭에 넣었다. 배낭 안엔 방금 산 것들 외에도 세면도구와 속옷 한 벌과 양말, 수통과 손전등, 여분의 건전지와 책, 그리고 은영이가 사준 초콜릿과 땅콩 한 봉지가 들어 있었다.

성우는 한 시간 넘게 기다린 끝에 주천행 버스에 올랐다. 다른 승객들보다 먼저 탄 덕에 요행 앞자리를 차지할 수 있었다. 앞자리에 앉은 건 밖의 경치나 전망을 보기 위함보단 버스가 주천에 진입하면 그쪽 지리를 눈여겨볼 심산에서였다. 버스는 제시간보다 조금 늦게 출발했다. 승객은 10여 명 남짓으로 그리 많지 않았다. 버스길은 폭이 좁았고 또 비포장이었다. 그리고 영월 읍내를 벗어난 지 얼마 되지 않아 강변과 산곡 사이를 번갈아 가며 내달렸다. 길이 험했지만 버스 운전기사는 능숙하게 버스를 몰았다. 그러면서도 마을은 물론, 길가의 사람이 손을 들면 어김없이 차를 세워 타도록 했다. 그로 인해 주천 면소재지에 당도하니 오후 2시가 훌쩍 넘었다. 함께 내린 사람에게 주천파출소가 어디 있느냐고 물으니, 위치를 알려주며 정류장에서 가깝다고 했다. 거리는 한산해 보였다. 정류장 쪽을 제외하곤 집들이 띄엄띄엄했고 오가는 사람들도 없어 그러했다. 사람들이 보이지 않는 건 한낮 땡볕 더위를 피해 집 안에 있는 까닭으로 여겨졌다.

주천파출소를 찾아들자 두 명의 경찰이 그를 반겼다. 영월경찰서로부터 교통사고 유족이니 협조하라는 기별을 받았는지 성우를 대하는 태도가 사근사근했다. 그중 얼굴빛이 검고 30대 초반으로 보이는 박 순경이라는 사람이 자신과 다른 한 명의 경찰이 사고 현장에 갔었다고 하면서, 현장에 도착했을 땐 양부모는 이미 사망한 뒤였다고 했다. 그리고 사망 원인은 성우도 이미 아는 대로 익사라고 알려주었다.

"수고가 많으셨군요. 그럼, 사고를 목격하거나 신고한 사람은 누구였나요? 비밀 사항이 아니라면 말씀해주셨으면 합니다."

"비밀 사항은 무슨 비밀 사항."

박 순경은 대수롭지 않다는 투로 대꾸하고선 사고에 대해 좀 더 구체적으로 들려줬다.

"사고 목격자는 없는 걸로 알고 있어. 있었다면 곧바로 신고를 했겠지. 하여튼 신고자는 서면 두산리에 사는 노인네야. 강변 근처의 밭에 갔다가 사고 차량을 보고 우리 파출소에 신고를 했어. 앞서 서면 지서에 전화를 했다고 하는데 아마 그쪽하고 연결이 되지 않았던 모양이야. 그래서 우리에게 재차 신고를 한 게지. 오전 9시가 좀 넘었을까. 우리가 사고 현장에 도착해보니 검은색 차량이 강물에 잠겨 있는 상황이었어. 그래서 확인을 위해 차량에 접근했지. 안에 두 사람이 있는 거야. 우린 그때 중대 사건이라고 판단하고 즉시 상부에 보고를 했고. 물론 우리가 두 사람을 가까스로 차 안에서 끌어냈지만 이미 사망한 뒤였어. 검시한 의사 말로는 사망 시간이 전날 저녁이라고 하니 우리도 그렇게 생각해. 그리고 본서에서 나온 사람들이 차량과 사망자들 뒤처리를 하는 걸 보고 우린 파출소로 돌아왔지. 아마 교통과에서 사망자의 신원을 파악해서 회사와 광산에 알렸을 거야."

"그랬었군요. 혹 사고와 관련해 특이 사항은 없었는가요?"

"어떤 특이 사항?"

"사고의 원인이나 시신의 상태 같은 그런 것 말예요."

"내 짐작으론 도로 사정이 좋지 않은 데다 커브길이어서 핸들을 제대로 조작하지 못해 일어난 사고로 보여. 이건 어디까지나 내 추정이야."

박 순경도 김 상무와 같은 말을 한다. 어찌 보면 김 상무나 박 순경의 말이 맞을지 모른다. 이들은 운전기사가 서울에 빨리 가려다 일어난 단순한 사고로 치부하는 것 같다. 그럼에도 여전히 수긍이 가지 않는 건 왜일까. 조 기사는 탄광지대에서 10년 넘게 운전을 한

베테랑인데 평지 도로에서 사고를 냈다는 게 납득이 가지 않는다. 무엇보다도 조 기사는 김 상무가 데려온, 김 상무 사람이라는 점 때문에서일까.

"그리고 시신의 상태는 얼굴이 부은 점을 제외하곤 비교적 온전한 편이었어. 검시 의사 말대로 폐에 물이 차 숨진 게 확실해. 이제 됐나?"

"하나만 더 여쭙겠습니다. 사고 차량엔 제 누나도 타고 있었는데 발견하지 못하셨는지요?

"발견하지 못했어. 사고 순간 차에서 빠져나온 것 같은데, 수심이 깊고 유속이 있어서 아마 하류 쪽으로 떠내려갔을지 몰라. 운전수도 마찬가지일 테고."

"저도 두 사람을 찾기 위해 수색을 했다는 소릴 들었어요. 그런데 지금껏 찾질 못했으니 혹 잘못된 건 아닐까요?"

"그럴 가능성도 있지. 주천강이 원채 바위가 많은 곳이어서 물속 바위틈에 끼이면 그만이야. 그런 적이 없었던 것도 아니고. 아무튼 상심이 이만저만 아니겠어. 진득하게 있다 보면 시신이라도 찾을지 모르니 마음을 굳게 먹어."

"감사합니다. 미진한 마음이 한결 가셨습니다. 그럼, 이만 가보겠습니다."

성우는 박 순경에게 인사를 하고선 파출소를 나왔다. 이제 사고 현장에 갔다가 광산에 들르면 되었다. 그때였다. 성우의 걸음을 붙잡는 음성이 뒤에서 들렸다. 돌아보니 박 순경이었다.

"이봐, 학생! 사고 현장에 갈 거라는 얘기를 들었는데 지금 그곳에 갈 참이야?"

"예, 택시를 타고 그곳엘 가려고 해요."

"택시를 탄다고 해서 현장을 찾을 수 있겠어? 가깝지도 않거니와 또 말로 설명해도 위치를 모를 텐데 내가 오토바이로 그곳까지 태워 줄까?"

"그러고 보니 순경님의 말씀이 옳아요. 태워주신다면 사례를 하겠습니다."

"사례는 무슨 사례. 그런 것 바라지 않아. 그리 알고 기다려."

잠시 만에 박 순경이 검정색 소형 오토바이를 끌고 나타났다. 오토바이 앞에 '주천 파출서용'이라는 표지판이 부착돼 있었다. 파출소 근무자들이 이용하는 공무용이었다. 박 순경이 오토바이에 올라타 시동을 건 뒤 성우더러 타라고 일렀다. 성우가 뒤에 타자 오토바이가 달리기 시작했다. 성우는 박 순경의 허리께를 잡았다. 오토바이의 속도가 빨라졌다. 성우는 박 순경의 허리께를 더욱 단단히 잡았다. 자칫 마음을 놓았다간 떨어질 수 있는 상황이어서 다른 생각을 할 겨를이 없었다.

앞만 보고 달리던 박 순경이 뒤돌아보며 성우에게 말을 걸었다.

"어때, 힘들지 않아?"

"예, 조금 덜컹거리네요."

"길이 평탄하지 않아서 그래. 힘들면 언제든지 말해. 쉬어 갈 테니."

"아니요. 그럴 필요는 없어요."

성우는 말은 그랬어도 타고 있기가 여간 불편한 게 아니었다. 그렇지만 상대방이 편의를 베푸는 마당에 불편하다고 말할 처지는 못 되었다.

"얼마를 가야 해요?"

"아직 멀었어. 한참 가야 돼."

성우는 한참이라는 말에 입을 다물었다. 어차피 오토바이가 멈추는 곳이 목적지일 테니 더 묻는 게 별 의미가 없어서였다.

한동안 더 가자 고개에 이르렀고 고개를 넘자 강이 나타났다. 길은 강을 따라 나 있었다. 이 후에도 오토바이는 내내 달렸다. 그리고 20여 분 후 오토바이가 이윽고 멈춰 섰다. 사고 현장 같았다. 도로가 굽은 데다 도로 바로 아래에 강물이 흐르고 있어 그렇게 생각했다. 박 순경이 주변을 이리저리 둘러보더니 '여긴 것 같다'고 했다. 성우가 내리자 박 순경이 오토바이를 노변에 정차시켰다. 성우가 태워줘서 감사하다고 하자 박 순경은 의당 할 일을 한 것뿐이라면서 부담을 갖지 말라고 했다.

박 순경이 그늘에서 담배를 피우는 동안 성우는 도로가에서 강을 내려다봤다. 도로에서 아래 수면까진 4미터 높이는 족히 될 성싶었다. 물색도 푸르러서 깊이도 있어 보였다. 단지 깊은 구간을 포함해 물이 흘러가는 폭은 10여 미터에 지나지 않았다. 여타 부분은 돌과 잡초가 혼재한 거친 둔치였다. 박 순경의 말로는 차량(승용차)이 물속에 잠겼다고 했는데 그렇다면 자신이 서 있는 이 부근에서 양부의 승용차가 도로를 벗어나 강물에 떨어진 걸로 추정되었다. 그러나 도로엔 승용차가 강에 떨어질 때 생겼을 어떤 흔적도 없었다. 물론 강과 맞물린 도로 아래가 벼랑이라는 점을 감안하더라도 도로 가장자리에 허물어진 듯한 흔적은 있기 마련인데 어디에도 흔적이 없다는 게 의문스러웠다. 한편으로는 승용차가 빨리 달려 붕 떠서 떨어지는 바람에 흔적이 남지 않았을지 모른다는 생각도 들었다. 박 순경이 이쪽으로 왔다.

"사고 현장에 와보니 마음이 착잡하지?"

"예, 그렇습니다. 생전에 잘해드리지 못해 후회도 되고요."

"다 그런 거야. 이제 돌아갈까? 승용차가 빠진 곳이 저 앞인데 절이나 하지 그래."

"예, 그러겠습니다. 그런데 박 순경님! 승용차가 강에 추락할 때 생긴 흔적은 어디에도 없네요?"

"흔적이라니 무슨 흔적 말이냐?"

"차바퀴 흔적 말입니다."

"그건 나도 미처 확인하지 못했어. 지금에 와서 그게 뭐 그리 중요해?"

"중요 여부를 떠나 의구심이 들어서 그렇습니다."

"그으래? 승용차가 천천히 달렸다면 사고가 나지 않았겠지? 또 설령 사고가 났다 하더라도 도로에 흔적을 남길 수 있어. 그렇지만 시일이 경과되었다고 한번 생각해봐. 설령 흔적이 있은들 남아 있겠어? 그리고 흔적 같은 건 사실 부차적인 거야. 정말 중요한 건 사고를 유발한 요인이 무엇인가야."

"그건 무슨 뜻인가요?"

"일테면 달리는 차 앞에 불쑥 노루나 고라니 같은 산짐승이 뛰어들었다고 가정해봐. 또 폭이 좁은 도로에서 차선을 무시하고 달려오는 트럭 같은 큰 차와 맞닥뜨렸다고 생각해봐. 운전수가 어떻게 해야겠어? 십중팔구 급히 브레이크를 밟거나 핸들을 꺾겠지. 그러면 사고가 나는 거야. 설령 급히 브레이크를 밟았다고 해도 이런 비포장도로에서 흔적이 남겠어? 핸들을 급하게 꺾어도 속도 때문에 차는 벼랑 아래로 추락할 테지. 그래서 도로상에는 이렇다 할 흔적이 남지 않을 수 있다는 거야."

"예, 그럴 수도 있겠네요. 그런데 승용차가 떨어져서 이곳까지 떠내려온 건 아닐 테지요?"

"그 가능성은 적어. 물론 사고 당시는 지금보다 수량이 많았고 유속도 빨랐지만 차량의 자체 무게로 인해 강에 추락하자마자 곧 가라앉았을 거야. 하여간 의구심이 든다니 저 위쪽까지 쭉 살펴봐."

"아니오. 됐습니다. 사실은 불가피한 사고가 아닌 다른 여지가 있는가 싶어 왔는데 이것으로 충분합니다."

"운전수가 저 죽으려고 강으로 돌진했겠어? 그리고 무엇보다도 고의로 사고를 낼 이유가 없잖아. 안 그래?"

"예, 그런 것 같기도 합니다."

"그렇다면 어서 절해. 가야 하잖아?"

"저는 가봐야 할 곳이 있습니다. 먼저 가십시오."

"그곳이 어디야? 돌아가는 길이면 태워줄게."

"아닙니다. 혼자 가겠습니다."

"여긴 지나다니는 차도 드물고 날도 더운데 괜히 사서 고생하지 말고……."

"아니오. 방향이 맞지 않을 것 같습니다. 제가 갈 곳은 보석광산입니다."

"보석광산이면 삼정광업소일 텐데 거길 간다는 말이지?"

"예, 그렇습니다."

"삼정광업소는 걸어서 가긴 좀 멀긴 한데……. 하여간 이 길 따라 한참 가다 보면 안내판이 보일 거야. 그럼, 나는 이만 갈게."

"예, 신세 많이 졌습니다. 언제 한번 찾아뵙겠습니다."

"그래, 볼일 잘 봐!"

사람 좋은 박 순경이 떠나자 성우는 다시금 도로가로 갔다. 흘러가는 강물은 무심해 보였다. 성우는 강을 바라보며 생전의 양부모의 모습을 떠올렸다. 그러고는 손을 모아 허리를 깊이 숙였다. 슬픔이 잔잔히 밀려 왔다. 눈시울이 뜨거워졌다. 성우는 눈물을 참고 걸음을 떼었다.

# 7

길은 호젓했다. 정적을 깨는 건 새소리와 산여치 울음소리뿐이었다. 통행하는 차량이 한 대도 없는 게 전혀 이상하지 않았다. 그만큼 외지다는 증거였다. 산 그림자가 긴 늦은 오후로 넘어섰어도 내리쬐는 햇볕은 여전히 따가웠다. 마냥 걸으니 등과 이마에 땀이 배어 나왔다. 걸머진 배낭만 아니면 한결 홀가분하련만……. 그래도 이처럼 무작정 걷는 게 힘들다는 생각은 들지 않았다.

길을 가는 중에 암반 틈새에서 흘러나오는 샘이 눈에 띄었다. 쉬어 가기로 했다. 한달음에 가서 걸머진 배낭부터 벗었다. 그리고 샘물로 땀에 전 얼굴까지 씻자 더위도 가시고 몸과 마음이 개운했다. 암반수라서 그런지 물이 차가웠다. 주천 정류장에서 산 음료수를 샘물에 담갔다.

가까이 있는 바위에 걸터앉아 음료수를 마시며 느긋이 쉬려니 그때서야 주변의 경치가 눈에 들어왔다. 강과 바위와 산자락이 조화롭게 배치된 그림 같은 풍경이었다. 불현듯 예전 양부와 나눈 얘기가 생각났다.

'이 원석이 발견된 곳이 산골 오지이긴 해도 광산 초입에 강이 있어 경관이 매우 좋아. 그 점도 감안한 거야.'

'그럼, 휴양지도 될 수 있겠네요?'

'암, 보석광산에서 수익이 나면 휴양진들 못 만들겠니 그렇지만 그건 훗날이야.'

성우는 고개를 들어 하늘을 봤다. 푸른 하늘에 하얀 구름이 둥실 떠 있었다. 언젠가 잊힐 양부에 대한 기억일 테지만 지금은 그때가 정녕 그리웠다. 떠나기에 앞서 수통에 물을 가득 채웠다. 시계를 보니 오후 4시가 조금 지났다. 해가 지려면 서너 시간 후일 테니 서두를 필요는 없었다. 그렇다 해도 오늘 중으로 서울로 돌아가긴 어려울 터이다.

줄곧 걷다 마침내 삼정광업소라고 쓴 사각형의 입간판을 보게 되었다. 또 입간판엔 방향을 가리키는 화살표와 300미터라고 거리까지 명기 돼 있었다. 300미터는 더 가야 할 판이다. 입간판이 세워진 주위는 평탄한 공터로 되어 있었다. 주차장 같았다. 그리고 공터를 가로질러 안쪽에 진입로가 나 있는데 화살표가 가리키는 방향이어서 삼정광업소로 가는 길임을 금방 알 수 있었다.

성우는 다시금 안쪽 길로 걸음을 옮겼다. 입간판에서 300미터라고 했으니 삼정광업소가 그리 멀게 느껴지지 않았다. 그렇지만 한동안 걸어도 삼정광업소는 보이지 않았다. 그제야 입간판에 표기된 그 300미터는 길의 거리가 아닌 직선거리를 나타낸 게 아닐까 하는 생각이 들었다. 그나마 길옆에 큰 나무가 없어 시야를 가리지 않아 다행이었다.

산허리를 돌아나자 허연 폐석으로 이루어진 둔덕과 그 둔덕 뒤편에 있는 한 건물이 눈에 들어왔다. 직감으로 삼정광업소임을 알았다. 거리는 한 4, 50미터쯤 됐다. 성우는 거기서부터 더 이상 가지 않았다. 그리고 광업소와 그 일대를 둘러보고선 가까운 떡갈나무에 몸을 숨겼다. 애초 광업소에 바로 갈 작정이었지만 도중에 생각해보니 광업소를 엿살피는 게 좋을 듯 싶었다. 그래서 광업소 사람들의 눈에 띄지 않도록 숨은 것이다. 그러나 일단 몸은 숨겼어도 산중턱에 자리한 광업소 전체를 보려면 더 위쪽으로 가지 않으면 안 되었다.

성우는 길을 벗어나 숲에 발을 들여놓았다. 곧 관목의 가지와 칡덩굴 같은 게 거치적거렸지만 산을 오르는 데 별 장애가 되지 않았다. 그렇긴 해도 행여 모습이 드러날까 은밀히 움직였다. 한 10여 분 기슭으로 우회하니 광업소 전체가 내려다보였다. 산을 깎아 조성한 터에 몇 채의 건물과 로커쇼벨, 광차, 크러싱 플랜 등의 광산 장비가 있었고, 또 건물 옆에 차량 두 대가 대어져 있는데 하나는 트럭이고 다른 하나는 승용차 같았다. 그런데 이상한 건 넓은 광업소 어디에도 사람의 모습을 볼 수 없다는 점이다. 그리고 광업소도 조업을 하지 않는지 휑하고 적막하기조차 했다. 좀 더 가까이 가보기로 했다. 절개지보다 골을 택해 기민하게 행동했다. 염두에 둔 곳은 광업소 안쪽에 있는 사무실로 짐작되는 2층 건물이었다. 성우는 그 건물이 훤히 보이는 곳에 이르자 더 접근하지 않고 그 자리에서 정탐하듯 지켜봤다. 한참을 그렇게 지켜봤어도 사람의 모습은 보이지 않았다. 그제야 광업소가 조업을 하지 않는 걸로 단정했다.

그런 차제에 정문 초소로 보이는 곳에서 누군가가 나왔다. 체구가 작아 어린아이가 아닌가 했지만 작업복에 모자를 쓴 차림이어서 광업소에 종사하는 사람임을 알 수 있었다. 처음으로 본 그 사람은 2층 건물로 향했다. 아마도 2층 건물에 용무가 있는 모양이다. 그런데 허리가 굽고 느릿하게 걷는 걸 보니 나이 든 사람 같았다. 예상대로 그 사람은 2층 건물로 들어갔다. 그리고 잠시 후 다시 모습을 드러냈다. 그리고 본래 있던 곳으로 되돌아가는 것이었다.

성우는 이제 몰래 지켜보지 않아도 될 성싶었다. 광업소가 조업을 하지 않는 데다 김 상무가 없을 거라는 추측에서 내린 판단이었다. 그렇지만 확인차 2층 건물에 가봐야 했다. 2층 건물까진 30여 미터쯤 됐다. 근접한 거리이긴 해도 확인 전까진 신중을 기해야 했다. 숲을 빠져나와 재빨리 큰 건물에 다가갔다. 그리고 몸을 낮춰 창을 통해 건물 안을 들여다봤다. 판단이 빗나가지 않았다. 건물 안엔 아무도 없었고 텅 비어 있었다. 다만 나란히 놓인 긴 탁자와 의자들을 보니 식당 같았다. 다음은 2층이었다. 행여 사람이 있어 마주친다면 '친척 형을 찾아왔다'고 둘러댈 요량이었다.

2층으로 올라가는 계단은 건물 앞쪽에 있었다. 성우는 건물 뒤에서 나와 계단을 통해 2층에 올라갔다. 그리고 문을 가볍게 두드렸다. 아무런 반응이 없었다. 그래서 문을 열려고 했으나 문은 잠겼는지 움쩍도 안 했다. 2층에도 사람이 없는 걸로 확인됐다. 그렇다면 이제 갱 차례였다.

다시 아래로 내려왔을 때 앞서 본 트럭과 승용차가 새삼 눈에 띄었다. 눈길을 끄는 건 트럭 옆에 있는 검은색의 고급스런 승용차였다. 양부가 타던 차와 모양이 같고 어딘가 눈에 익기도 해서 가까이 가서 보니 외관은 멀쩡한데 번호판과 차 유리가 없었다. 운행은 어려울 것이라고 생각하면서 무심코 차 안을 들여다봤다. 순간, 가슴이 덜컥했다. 초콜릿색 시트 때문이었다. 양부의 승용차 시트와 똑같은……. 뒤로 가 차종을 확인했다. 도요다 크라운……. 의심의 여지 없이 양부의 승용차였다. 사고 후 폐차된 줄 지레짐작했는데 여기에 있다니……. 김 상무가 양부의 승용차를 왜 여기에 갖다두었을까. 혹시 수리해 탈 생각을 한 것은 아닐까. 그렇지 않다면 왜 이런 사실을 나와 은영에게 말해주지 않은 걸까. 물론 김 상무에겐 대수로운 일일지 모르지만 그래도 우리에겐 소중한 양부의 유품이 아닌가……. 차를 두고 김 상무에 대해 감정적으로 치우치자 김 상무가

의뭉스럽다 못해 꼭 배덕자처럼 느껴졌다. 또 지난번 김 상무와 부사장에게 위임장을 써준 것이 다시금 후회가 되기도 했다.

성우는 마음의 동요를 억제하고 갱구로 갈 궁리를 했다. 이쪽에서 갱구가 빤히 보였지만 주변이 노출된 공간이어서 바로 가는 건 무리였다. 그렇다고 해서 어두워지길 기다리는 것도 마땅치 않아 다시 기슭으로 우회하기로 마음먹었다. 성우는 시계를 봤다. 오후 7시가 좀 못 됐다. 대략 한 시간 후면 어두워질 터이다. 성우는 지체하지 않고 건물 뒤로 갔다. 그리고 건물을 떠나 단숨에 숲으로 가려 했다. 그런데 정문 초소 쪽을 살피지 않은 게 불찰이었다. “거 누구요?” 하는 짧고 쉰 음성이 들렸다. 그만 들키고 말았다. 고개를 돌려 쳐다보니 아까 본 그 사람이었다. 그 사람이 이쪽으로 왔다. 성우는 그 자리에 멈칫한 채 기다렸다.

“뭐 하는 사람이요 엉? 여긴 뭣 하러 왔소?”

“죄송합니다. 사람이 없는 줄 알고…….”

성우는 응대를 했어도 겸연쩍은 건 어쩔 수 없는 일이었다. 상대방은 머리가 허옇고 눈이 우묵한 노인이었다.

“사람이 없긴 뭐가 없단 말이오?”

“죄송합니다. 실은 친척 형을 찾아 왔는데 실례를 한 것 같습니다.”

“그렇다면 정문으로 올 것이지 왜 산에서 내려오오?”

"한번 둘러보고 싶어서 그랬습니다. 제가 잘못했습니다."

"잘못했다니 더 할 말이 없구먼. 건데 방금 누굴 찾아왔다고 했소? 보아하니 학생 같은데……."

"네, 학생이 맞습니다. 친척 형을 찾아 왔습니다. 이름은 유판식입니다."

"유판식이란 이름은 첨 들어보네. 그 사람 나이가 어떻게 되나?"

"스무 살이 조금 넘었습니다."

"유판식에 스무 살이 조금 넘었다……. 암만해도 학생이 잘못 찾아온 것 같아. 내가 초창기부터 이곳에서 일한 터라 직원과 광부, 이름들을 죄다 알지. 그런 젊은 사람은 여기에 없어.

"어르신 말씀을 듣고 보니 제가 잘못 들른 것 같습니다."

"내 생각도 그래. 그런데 친척 형은 왜 찾나?"

"방학 기간 동안 일을 해 학비라도 벌까 해서요."

"기특하네. 여기가 휴업만 하지 않았다면 학생 하나쯤은 일할 자리가 있을 텐데 안됐네."

성우는 휴업이라는 말을 듣자 양부가 교통사고로 사망한 탓에 김상무가 휴업 조치를 했을 거라고 속으로 짐작했다.

"말씀만으로도 감사합니다. 그럼 휴업은 금명간에 끝나나요?"

"그랬으면 좋으련만, 광업소 소장은 당분간이라고 했지만 작업재개는 어려울 것 같아. 작업을 해야 사람들과 어울려 술도 한잔하고 세상 돌아가는 얘기라도 나눌 텐데, 학생보다 지금 내 처지가 더

딱해."

"어르신 말씀을 들으니 그런 것 같습니다. 다른 동료분은 안 계시나요?"

"한 명 있지. 사무직원인데 종일 밖으로만 나도니 얼굴 보기 힘들어. 어둡기 전에 오면 양반이야. 그건 그렇고 학생은 어찌 가려나? 여긴 교통편이 여의치 않는데……."

"제 걱정은 마십시오. 산을 내려가면 버스를 탈 수 있습니다."

성우는 이제 그만 가려다 수통에 물이 없다는 걸 깨닫고 노인에게 청했다.

"참, 수통에 물을 채우려는데 마실 물을 얻을 수 있겠습니까?"

"마실 물이야 있지. 이 건물 1층이 식당이고 주방이야. 아무도 없으니 들어가서 목을 축이고 수통에도 채워. 문은 열려 있어."

"감사합니다."

성우는 곧 건물로 들어가 주방의 식수대에서 물을 마시고 수통에도 채웠다. 물이 시원하다는 생각을 하면서 밖으로 나왔다. 그리고 노인에게 인사를 하고선 정문으로 향했다. 그렇지만 가는 척할 뿐이었다. 광업소를 나서면 재차 산기슭으로 갈 작정이었다. 그때 노인의 음성이 등 뒤에서 들렸다.

"학생! 근방에 광산이 여럿 되니 일자리는 구해질 거야. 잘 살펴가."

돌아보니 노인은 여전히 그 자리에 서 있었다. 성우는 다시 한 번

허리를 숙였다.

기슭으로 해서 갱이 있는 위쪽에 당도할 즈음 날이 어스름해졌다. 멀찌감치 있는 경비실에 불빛이 나는 걸 보며 성우는 그 자리에서 잠시 숨을 골랐다. 이제 경비 노인과 맞닥뜨릴 일은 없겠으나 막상 갱에 들어가려니 두려움이 앞섰다. 하지만 순영 누나를 찾으러 왔는데 갱 안을 보지 않고 돌아 갈 순 없었다. 그래서 '내가 이 광산의 주인인걸, 두려울 게 뭐람' 하고 스스로 용기를 북돋운 뒤 아래로 내려갔다. 그리고 주위를 살피면서 갱으로 접근했다.

갱을 바로 앞에서 보니 생각 외로 천장도 높다랗고 폭도 넓었다. 마치 큰 퀀셋 창고를 연상케 했다. 그런데 정작 입구에 격자형 철문이 설치돼 있어 함부로 출입할 수 없도록 돼 있었다. 그러나 임시로 만든 것인지 다소 허술했다. 사각 파이프와 철근 등을 사용해 문 형태만 갖추었고 높이도 사람 키보다 조금 높을 따름이었다. 위로 넘어가면 그만이었다.

성우는 배낭을 추스른 뒤 잠겨 있는 철문에 다가섰다. 그리고 단숨에 철문을 타넘어 갱에 들어갔다. 바깥과 달리 갱은 어두웠다. 그렇다고 완전히 어둡지는 않았다. 처음 눈에 띈 건 선로에 놓인 광차였다. 그것도 한두 대가 아닌, 여러 대가 줄지어 선 상태로 있었다. 광차엔 뭔가 실려 있었는데 크고 작은 돌덩이어서 버려지는 폐석으로 보였다. 성우는 광차를 따라 어림으로 안으로 들어갔다. 손전등을 켜 어둠을 밝히지 않는 건 행여 불빛이 밖으로 새 나갈까 싶어서였다. 한 50미터쯤 갔을까. 광차는 더 이상 없었고 어둠도 짙어 이제 손전등을 켜지 않으면 안 되었다. 배낭에 넣어둔 손전등을 꺼내 켰다. 주위가 환해졌다. 성우는 가고자 하는 앞쪽에 손전등을 비춰봤다. 보이는 건 천장에 드문드문 달린 백열전구와 깊은 어둠이었다. 갱이 계속 이어졌다는 방증이었다. 또 갱도를 지탱하는 기둥이나 받침대가 없어 회갈색 암석이 그대로 드러나 있었고 높이와 폭이 줄어든 것도 그때 알았다.

손전등을 이리저리 비추며 광차 선로를 따라 점점 깊이 들어갔다. 진작부터 맡은 습한 냄새에다 기름 냄새까지 더해졌다. 그러나 냄새에 신경 쓸 계제는 아니었다. 귀를 열어두고 주위를 살피는 게 우선이었다. 조금만 더 가보자는 심정으로 얼마를 더 가자 각종 파이프와 크기가 고만고만한 통나무들을 선로 좌우에 쌓아둔 게 눈에 띄었다. 가는 데 방해가 되지 않았지만 계속 가봤자 소용이 없다는 생각이 슬그머니 고개를 쳐들었다.

그쯤에서였다. 손전등 불빛에 희끄무레한 글자판이 언뜻 비쳤다. 갱이 좌측으로 굽어 있어 글자판을 본 것이었다. 한 10여 미터 될까. 뭔지 확인하고 싶어졌다. 글자판으로 가보았다. 그런데 글자판이 부착된 벽 아래가 움푹 들어가 있었고 뜻밖에도 그곳에서 통나무들에 반쯤 가린 문을 발견하게 되었다. 글자판에 '위험, 관계자 외 출입금지'라고 적혀 있어 누구나 드나들 수 있는 문은 아닌 듯했다. 통나무들을 한쪽으로 치우자 문이 완전 드러났다. 판자로 된 여닫이였다. 자물쇠가 달려 있긴 하나 잠겨 있지 않았다. 한번 밀어봤다. 문은 쉽게 열렸다. 순간, 기름 냄새와 뒤섞인 역한 냄새가 풍겼다. 괘념치 않고 안으로 들어갔다. 예상치 않게 안은 통로처럼 된 또 다른 갱도였다. 발을 들여논 갱도는 매우 협소했다. 기존 갱에 비해 폭도 좁았고 높이도 낮았다. 한두 사람 정도가 다닐 수 있는 공간이었다. 물론 광차도 없었고 선로도 깔려 있지 않았다. 갱도는 아래로 차츰 경사가 졌고 손전등을 비춰도 천장만 보일 뿐 더 안쪽은 보이지 않았다. 몇 걸음 더 들어갔다. 천장이 낮아 머리가 부딪칠 것 같아 손전등을 위쪽으로 비추었다. 그때 갱 깊숙이에서 무슨 소리가 나는 것 같았다. 잘못 들은 걸까. 소리를 탐지하고자 바짝 귀를 기울였다. 그렇게 몇 걸음 더 갔을까. 발밑을 주의하지 않은 게 탈이었다. 그만 중심을 잃고 미끄러지고 말았다. 그리고 손 쓸 새도 없이 몸이 아래로 떨어졌다. 삽시간의 일이었다.

가까스로 정신을 차려보니 허리를 다쳤는지 조금만 움직여도 통증이 일었다. 발목도 아픈 것 같았다. 그런 가운데 손전등이 망가지지 않고 불이 켜져 있어 다행이었다. 팔을 뻗쳐 손전등을 집어 들었다. 곧 주위를 휘둘러 비췄다. 사방이 막혀 있었다. 불빛을 위로 비춰봤다. 불빛이 닿은 저 위쪽까지 한 7, 8미터쯤 될 성싶었다. 높이가 아득하게 느껴졌다. 그리고 그 높이에서 이곳 아래까지 급한 경사여서 성우는 자신이 구덩이 같은 곳에 떨어진 이유를 짐작할 수 있었다. 그런데 주위를 살피다 눈에 띈 건 기름이 잔뜩 묻은 해진 작업복과 장화, 장갑 등 쓰레기처럼 보이는 잡동사니였다. 그중엔 근래에 버렸는지 음식 찌꺼기도 있어 퀴퀴한 냄새가 감도는 이유를 알 수 있었다.

이 막장 같은 곳을 한시바삐 빠져나갈 마음에서 손전등을 여기저기 비췄다. 그렇지만 소용이 없다는 걸 깨달았다. 아무리 살펴도 위로 올라갈 수 있는 사다리나 발판 같은 것은 없었다. 게다가 허리의 통증은 멎지를 않고 발목도 다쳤는지 욱신거렸다. 궁리를 해봐도 빠져나갈 길이 없다는 판단에 마음이 암담했다. 갱 안에 들어온 게 후회도 되었다. 건전지를 아낄 요량에서 손전등을 껐다. 이내 칠흑 같은 어둠에 휩싸였다. 성우는 갱 벽에 비스듬히 기댄 채 아픈 몸을 가누었다.

# 8

그 시각, 청량리역 근처에 있는 한 고급 술집에서 김종갑과 삼정공영 부사장이 만나고 있었다. 그간 두 사람이 보석광산에 대한 차입금 문제로 몇 차례 얘기를 나누었고, 이번 만남에서 문제를 타결 짓기로 약조한 터였다. 술기로 얼굴이 벌게진 김종갑이 액수를 구체적으로 제시해 부사장의 의중을 타진했다.

"이봐요. 신 부사장님! 아니, 이젠 사장님이지……. 액수가 턱도 없이 부족하지만 그쪽도 먹고살아야 하니 내 눈 딱 감고 2천 3백에 끊겠소. 애초 3천에서 대폭 양보를 했으니 대신 전액 현찰로 주쇼."

"차입금에 대해 긍정적으로 검토를 한다고 했지 3천은 뭐요? 그리고 2천 3백이라니, 그 금액은 받아들일 수 없어요. 지난번에도 누누이 얘기했지 않소? 회사 형편이 어려워 직원들 월급을 못 주고 있다고 말이오. 2천 3백은 절대 안 돼요."

"허 참! 또 깎을 생각인가 본데……. 사실 2천 3백 갖고도 광산을 재개할 수 없어요. 경상비를 제외하고라도 밀린 장비대와 자재비, 광산 노무자들의 노임만 해도 거의 3천인데……. 신 사장님! 통 크게 작은집 사정 한번 봐주쇼."

"작은집 사정도 그렇지만 이쪽도 마찬가지예요. 내 오죽하면 직원들을 내보내고 건설장비까지 팔 생각을 했겠소. 그러니 억지 부리지 말고 좀 더 액수를 낮춰요."

"이것 참! 액수를 낮출 만큼 낮췄는데 또 낮추라니……. 대체 얼마를 줄 생각이오? 신 사장님과 돈 때문에 척질 수도 없고……. 그럼, 정말 최종적으로 말하리다. 더 이상 양보는 없어요. 3백 떼고 딱 2천으로 내리겠습니다."

"그 2천도 감당하기 어려워요. 이렇게 합시다. 천 5백으로 합시다. 그 액수는 내 나중에 삼수갑산에 가는 한이 있더라도 마련하리다. 대신 어음이 아닌 전액 현금으로 드리리다."

"천 5백이라니……. 신 사장님! 너무한 것 아닙니까? 삼정공영 자산이 2, 3억은 족히 될 텐데 이토록 야박하게 굴 수 있습니까?"

"야박하다니? 최 사장님이 계실 때완 사정이 달라요. 기한 도래한 어음 막느라 동분서주하는 내 입장도 좀 생각해주시구려."

"입장이 그렇다니 할 수 없군요. 그 액수를 받을 수밖에……. 그렇지만 현금으로 준다는 약속을 꼭 지키세요. 그러면 돈은 언제쯤? 이틀이면 됩니까?"

"이틀은 시일이 촉박해요. 사흘 뒤 오후로 합시다."

"그럼 사흘 뒤 회사로 가겠습니다."

"그렇게 하세요. 오실 때 약조한 서류 가져오시고……."

"여부가 있나요. 이혼하는데 이혼장 안 갖고 법원 가는 놈 봤습니까?"

"아무튼 그때 봅시다."

성우는 무력감을 떨치듯 다시 손전등을 켰다. 시계를 보니 9시가 채 못 됐다. 바깥은 어둠에 잠겨 있을 터이다. 성우는 가방을 어깨에서 내려놓고 윗도리마저 벗었다. 조심을 한다 했지만 허리의 통증은 피할 수 없었다. 벗은 윗도리로 등을 괸 뒤 어떻게 하면 빠져나갈 수 있을까를 생각 했다. 벽이 가파르긴 해도 파인 부분을 활용해 기어오르면 가능할 것 같기도 했다. 그러나 허리가 문제였다. 다리가 움직여지고 허리를 굽힐 수 있어 크게 다친 것 같지 않지만 통증 때문에 일어설 엄두가 나지 않았다. 그래도 시도는 해봐야 하지 않는가.

결심이 서자 상체를 일으킨 다음 무릎을 세웠다. 그러고선 바닥을 짚고 아주 천천히 일어섰다. 금방 통증이 뒤따랐다. 그러나 견뎌야 했다. 통증이 한층 심했다. 신음이 절로 새고 이마에 식은땀까지 났다. 더 이상은 무리였다. 엉거주춤한 자세에서 다시 앉을 수밖에 없었다. 앉는 것마저 힘들어 성우는 자신에게 짜증을 부렸다.

"진통제를 가져왔어야 하는데 책 따위를 가져올 게 뭐람 등신같이……."

손전등이 켜진 채 있어도 내버려뒀다. 통증이 가시면 끌 심사였다. 자세를 바꿔 몸을 약간 웅크린 상태로 눕자 통증이 한결 덜했다. 이 정도 통증이면 살 것 같았다. 그리고 무슨 짓이든 할 수 있을 것 같았다. 손전등을 끈 뒤 머리맡에 두었다. 통증이 잦아지자 다소나마 마음이 안돈되었다. 집에 있는 은영이가 생각났다. '늦으면 영월에서 자겠다고 했는데…….' '내가 이처럼 갱도에 갇힌 줄 모를 테지…….' 순차적으로 쓰리똘도 머릿속에 떠올랐다. '그들은 지금 무얼 하고 있을까? 제발 텔레파시라도 통해 내가 지하 갱도에 갇힌 걸 알면 오죽이나 좋을까.' 공허한 상념이지만 은영과 쓰리똘을 생각하자 이곳을 빠져나가기 위해 무엇인가를 해야 한다는 의지가 되살아났다. 그러나 허리 통증을 심하게 겪어서 일어서는 시도는 더 이상 하고 싶지 않았다. 달리 다른 방법을 찾아야 했다. 크게 소리쳐 외부에 알리는 것도 한 방법일 수 있으나 지금은 밤이어서 효과가 있을 리 만무했다. 또 곧은 나무토막이라도 있으면 허리에 부목처럼 동여매 통증을 줄일 수 있을 거라는 생각도 했다. 그래서 건전지를 아껴야지만 혹시 그런 나무토막이라도 있을까 싶어 손전등을 켰다. 그러나 바닥을 두루 비춰봐도 나무토막은커녕 나무 부스러기조차 눈에 띄지 않았다. 이젠 아침을 기다리는 것 외엔 별 여지가 없었다. 손전등을 끄고 눈을 감았다. 캄캄한 암흑 속이어서 눈을 감으나 뜨나 마찬가지일 테지만 진작 갈증과 허기를 느끼고 있던 터라 억지로라도 잠을 청했다. 저녁 나절, 광산 주방에서 수통에 물을 채운 것이 얼마나 다행인지 몰랐다.

✲ ✲ ✲

마주한 벽 틈에서 푸르스름한 빛이 새어나오고 있었다. 빛은 시계 시침과 분침에서 발현되는 푸른빛과 흡사할 정도로 매우 여려도 분명 빛이었다. '아침을 알리는 햇살이면 좋으련만…….' 그런 바람은 헛되었다. 언제인가 삼면이 막힌 너럭바위에서 들은 적이 있는 유사한 기계음을 감지했기 때문이었다. 그렇다면 빛은 결코 서광이 될 수 없었다. 예감이 적중하듯 벽을 형성하고 있는 돌과 흙무더기가 눈앞에서 조금씩 허물어졌다. 그에 따라 빛의 범위는 넓어지고 푸른빛이 아닌 그냥 단순히 환한 빛줄기로 변해 구덩이를 채웠다. 차츰 벽이 쩍쩍 갈라지고 부분적으로 무너지기조차 했다. 이젠 앞이 트이는 건 시간 문제였다. 그때 사람의 모습이 홀연 나타났다. 전체가 아닌 상반신만이었다. 그리고 어렴풋하게 다른 두 사람도 상반신이 드러난 사람의 뒤에 나란히 서 있었다. 좌우로 시립해 있는 게 마치 상반신 사람을 보필하는 아래 사람으로 보였다. 빛이 한층 밝아져 불분명한 시야가 맑아지자 상반신 사람은 물론 배후의 두 사람의 모습이 뚜렷해졌다. 한 사람은 남자이고 다른 한 사람은 여자였다. 어찌된 일인지 세 사람 모두가 생소하지 않아 공포나 긴장은 크지 않았다. 그러나 그다지 좋은 느낌은 아니었다. 앞쪽에 있는, 얼굴 윤곽만 있지 눈과 코, 입 등이 없는 사람 때문이었다. 게다가 불을 상징하는 붉은 통천관을 썼다는 것만으로도 그가 누구인지를 단박 알 수 있는 일이기도 하였다.

화수도인의 출현, 정말 반갑지 않는 조우였다. 나는 다시 그를 보게 되면 해칠 생각에서 아령을 머리맡에 준비해둘 만큼 그에게 적개심을 품고 있던 터라, 손을 더듬어 얼른 돌멩이 하나를 쥐었다. 여차하면 손에 쥔 돌멩이로 화수도인을 타격하리라 작정했다. 그때 화수도인이 말을 걸었다. 귀에 익은, 메마른 음성이었다.

"이봐! 성우 군! 이런데서 나를 만날 줄 몰랐겠지? 물론 내가 신통력이 뛰어난 도인인 탓에 하등 신기한 일은 아니라고 생각할 테지만……. 내 뒤쪽에 있는 두 사람 보이지? 둘 모두 내 충복이야. 너도 잘 아는 사람들이지. 여자는 네 누나 순영이야."

그러고 보니 여성이 그늘지고 약간 야윈 얼굴을 하고 있어도 어딘가 누나와 닮은 데가 있었다.

"그리고 그 옆 남자는 네 양부의 운전기사였던 미스터 조야. 확인해봐."

그렇다면 두 사람 모두 살아 있다는 건가. 죽었다면 화수도인과 함께 있을 리 없을 텐데……. 두 남녀를 살피는 가운데서도 화수도인의 말을 곧이곧대로 믿기는 싫었다.

"왜 말이 없어? 설마 벙어리가 된 건 아니겠지?"

그 벙어리란 말에 잠재하고 있던 적개심이 솟구쳤다.

“말을 삼가시오. 당신과 얘기를 나누고 싶지 않기 때문이오. 그리고 지금 내가 당신을 해칠 수도 있소.”

“해친다니? 배은망덕도 분수가 있지. 이렇듯 네 누나를 데려와 보여줬는데도 나를 해쳐?”

“닥치시오! 당신은 우리 부모님을 죽이고 누나까지 데려간 장본인이 아니오? 내 반드시 당신을 죽이리다.”

“뭔가 단단히 오해를 하는 것 같은데 나는 화수도인이지 김 상무가 아냐. 내가 김 상무라면 어찌 네 누나를 버젓이 데려왔겠는가. 안 그런가. 성우 군!”

“함부로 내 이름을 부르지 마시오. 그리고 썩 물러가시오. 나는 지금 당신과 얘기를 나눌 기분이 아니란 말이오.”

“그렇다면 할 수 없지. 내 이만 가지. 좋은 일 하려다 괜히 망신만 당한 꼴이네.”

“망신뿐만 아니라 내 당신을 죽이겠다고 말했잖소.”

“그래, 좋아. 죽이든 살리든 알아서 하고. 마지막으로 네 누나에게 말을 한번 붙이지 않겠나?”

그 제의에 마음이 흔들렸다. 그렇지만 화수도인, 아니 김 상무에 대한 원한이 깊은 탓에 그러고 싶지 않았다.

“듣기 싫소. 얼른 내 눈 앞에서 사라지시오. 그리고 다음에 당신이 또 나타난다면 그땐 정말 가만두지 않겠소.”

"틀어져도 단단히 틀어졌네 그려! 나는 성우 너를 내 후계자로 삼으려고 했는데……."

그 말을 끝으로 화수도인의 모습이 흐릿해졌다. 그리고 두 남녀와 더불어 사라졌다.

✲ ✲ ✲

선잠을 잔 탓인지 머리가 지끈거렸다. 몸도 찌뿌듯했다. 특히 다친 허리 쪽이 못내 무거워 꼼짝하기 싫었다. 손전등을 켜 시계를 봤다. 2시쯤이었다. 의당 새벽 시간일 터이다. 그러고 보니 선잠이지만 한 서너 시간은 잔 모양이다. 그사이 화수도인이 두 남녀와 함께 나타나 조 기사와 순영 누나라고 하던 게 기억났다. 물론 비몽사몽간이고 화수도인의 말을 믿을 수 없어도, 그래도 순영 누나가 살아 있기를 바라는 마음에선 긍정적 현시로 받아들이고 싶었다. 한편은 화수도인이 순영 누나라고 말한 그 젊은 여성에게 말을 걸어봤으면 좋았을 텐데 하는 아쉬움도 없지 않았다.

다시 눈을 붙이려고 했으나 갈증과 배고픔 탓에 영 잠이 오지 않았다. 하는 수 없이 몸을 일으켰다. 수통의 물을 두어 모금 마시고 남은 빵 두 개 중 하나를 먹었다. 빵은 반쪽만 먹으려고 했으나 그렇게 되지 않았다. 물과 빵을 먹었어도 갈증과 배고픔이 가신 건 아니었다. 오히려 갈증과 배고픔이 더했다. 그렇지만 나머지 빵과 수통의 물은 나중을 위해 아껴야 했다. 물론 은영이가 사준 초콜릿과 땅콩 한 봉지가 있어도 물을 켜게 하는 것들이어서 먹기보단 예비로 두는 편이 나을 성싶었다.

손전등을 끄려다 앞쪽 벽 틈새에 희끗한, 뭔가 끼어 있는 게 눈에 띄었다. 켜둔 손전등이 그쪽을 비추지 않았다면 모를 터였다. 화수 도인이 나타난 바로 그 자리였다. 무릎걸음으로 가서 벽 틈새에 끼인 그 뭔가를 꺼냈다. 구깃한 종이였다. 펴서 보니 뜻밖에도 담배 포갑지였다. 그것도 색이 바래 오래전 이 막장에 있던 누군가가 버린 것으로 짐작했다. 겉면에 생소한 '진달래'라는 이름과 꽃 모양이 그려져 있는 걸 보니 짐작이 어긋나지 않았다. 진달래는 어릴 적 담배로 기억됐다. 그 때문에 단순한 포갑지이지만 호기심에서 손에서 놓지 못했다. 그때 문득 의문이 들었다. '이 광산은 근년에 생겼는데 진달래 포갑지가 왜 여기 있느냐'는 점이다. 김 상무에게 생각이 미쳤다. 곧 걷잡을 수 없이 분노가 치솟았다. 둥글넓적한 얼굴이 머릿속에서 비웃는 듯했다. 결코 용서할 수 없는 악마의 모습이었다. 양부를 속인 것도 모자라 양부모까지 살해한 천인공노할 그를 몇 번이고 죽여도 직성이 풀릴 것 같지 않았다. 무슨 수를 써서라도 그를 단죄하여야 했다. 악마를 단죄하기 위해 악인이 되어도 좋다고 생각했다. 목숨을 걸고서라도 반드시 결행하겠다고 굳게 다짐했다. 캄캄한 어둠 가운데서 성우의 눈이 복수심에서 불타올랐다.

잠에서 깨어 반사적으로 손전등을 켰다. 시간을 알기 위함이었다. 시계의 시침이 9시를 넘어섰고 분침은 6시쯤에 머물고 있었다. 9시 30분, 오전 시간대라고 생각했다. 허리 상태가 어떤가 싶어 허리를 움직여봤다. 여전히 통증이 느껴졌다. 통증의 강도는 어제보단 덜한 것 같기도 하지만 그래도 일어서는 건 자신이 없었다. 소리 지르는 것도 당장은 무리였다. 날이 밝았어도 빠져나갈 방도가 없다는 사실에 마음이 착잡했다. 그래도 이대로 죽을 거라는 생각은 조금치도 없었다. 어쩌면 그런 긍정이 지금으로선 최선일 수 있었다.

무기력과 막막함의 연속이었다. 허기와 갈증에 시달리는 시간이기도 했다. 한 가닥 빛줄기라도 있으면 갑갑증이 덜하련만……. 이렇듯 기약 없이 어둠 속에 갇혀 있으니 자유로운 건 상념뿐, 그리고 그 상념의 중심은 늘 그렇듯 은영과 쓰리똘이었다. 그들을 떠올리는 그 자체가 위안이 되고 또 구명해줄 유일한 희망이기에 그러했다.

눈을 뜨고 있기보다 대체로 감고 있는 편이었다. 잠들기 위해서였다. 잠이 들면 현실의 고통을 잊을 수 있고 기력 소비도 덜할 터이다.

마지막 빵을 먹은 지도 하루가 지났다. 수통의 물도 거의 남아 있지 않았다. 내일을 생각지 말고 참고 버티자고 마음을 다잡았다. 허리 통증 탓에 소리 지르는 것을 포기한 대신 이따금 돌을 쥐고 벽을 두드렸다. 물론 효과가 없었지만 진작 그렇게 하지 않은 게 후회가 되었다.

갱에 갇힌 지 사흘째, 수통엔 한 방울의 물도 남아 있지 않았다. 간혹 잠이라도 들면 시원한 물을 꿀꺽꿀꺽 마시거나 한상 가득 차려진 음식을 앞에 두고 한껏 먹는 꿈을 꿀 때가 있다. 그런 꿈을 꾸고 나면 정말이지 물과 음식이 너무나 절실했다. 아귀와 다를 바가 없었다.

팔다리가 힘이 없고 정신도 혼미한 것 같다. 땅콩을 처음으로 대여섯 알 먹었다. 별 맛은 없어도 신기하게도 배고픔이 사라졌다. 그러나 더는 먹지 않았다. 수분을 섭취하지 못해 입안이 바싹 말라 있는데 땅콩으로 인해 물을 더 켜는 고통을 겪을까 두려워서였다. 어쨌든 이런 상황에선 땅콩이나 초콜릿은 먹어선 안 될 금단의 먹거리였다.

간혹 날짜 생각이 났다. 하지만 기억이 가물가물해 지금이 언제인지는 알 수 없었다. 그러니 얼마나 이곳에 갇혔는지도 불분명했다. 한 닷새쯤 되었을까. 이젠 미동조차 하기 싫어졌다. 또 기운이 없으니 상념마저도 단절되기 일쑤였다. 그런 가운데 '내가 지금 숨을 쉬고 있는 걸까', 혹은 '내가 지금 살아 있는 걸까' 하는 의문들이 반복해서 제기돼 머릿속이 혼란스러웠다. 결코 유의미하지 않는 이런 의문들은 왜 생겨나는 걸까. 돌을 집어서 벽을 두드렸다. 정신쇠약에 걸리지 않기 위해 계속 두드렸다.

어둠 속을 헤매고 있었다. 손으로 주위를 더듬었으나 아무것도 만져지지 않았다. 그래도 빈 공간은 아니라는 생각이 들었다. 하지만 나갈 길을 찾을 수 없어 어둠이라도 걷혔으면 좋겠다고 생각했다. 꿈결인지 알 수는 없어도 누군가를 부르는 듯한 소리가 들렸다. 잘못 들은 걸까. 혹여 자신 말고 다른 뭔가 있는 것 같아 소리를 잡고자 집중했다. 그런 소리는 한 번 더 났지만 미약했고 또 더 이상 들을 수 없었다. '주위에 뭔가 있는 것 같기도 한데, 혹시 화수도인일까?' '짐짓 호통을 한번 쳐볼까.' 그러나 호통이 나올 것 같지 않았다. 또 누구냐고 물으려 했어도 역시 의지대로 되지 않았다. 만약 화수도인이라면 신변 방어를 위해 뭔가를 해야겠다고 생각할 즈음, 위쪽에서 소리가 났다. 여럿이 내는 소리였다. 확연한 사람의 음성이었다. 그것도 귀에 익기조차 한. 심장이 크게 고동쳤다. 그리고 너무나 반가웠다. 절로 눈이 떠지고 말문이 트였다. 즉각 아무 소리나 내질렀다.

위쪽이 갑자기 소란스러워졌다. 곧 환한 불빛이 이쪽을 비쳤다. 눈이 부셔 손으로 얼굴을 가렸다. 그때 누군가가 소리를 치며 위에서 내려왔다.

"나야! 대장!"

음성만으로도 위에서 내려온 사람이 누구인지 대번에 알 수 있었다. 봉수였다. 눈앞에 봉수가 있다니, 믿기지 않았고 한편은 꿈결 같기도 했다.

"응, 봉수구나."

"무사해서 다행이다. 창대와 은영이도 와 있어. 이제 걱정 마!"

그 '걱정 마!' 소리에 성우는 눈시울이 뜨거워졌다.

"그렇군, 너무 반가워……."

또 한 사람이 더 내려왔다. 접때 오토바이를 태워 준 박 순경 같았다. 경찰 차림이어서 어림으로 짐작했다.

"성우 군! 많이 고생했지? 어디 다친 데는 없고?"

"허리가 좋지 않아요, 박 순경님."

"나를 알아보는 걸 보니 의식은 괜찮은 것 같은데, 허린 치료받으면 돼. 일어설 순 있겠나?"

"예, 해보겠어요. 감사합니다."

봉수와 박 순경의 부축을 받아 성우는 일어섰다. 천천히 몇 발짝 떼었다. 벽면에 내려진 밧줄을 봤다. 성우는 그때서야 자신이 구출되는 것을 실감할 수 있었다. 기적처럼 느껴지는 상황이었다.

영월 읍내의 병원에 입원한 지 하루가 지났다. 허리의 통증은 거의 사라졌으나 그렇다고 허리가 나은 건 아니었다. 치료를 담당한 의사는 '요추가 골절됐다'면서 '적어도 한 달 이상은 병원에 있어야 한다'고 했다. 성우가 '그렇게 오래 치료를 받아야 하느냐'고 묻자 '척추가 탈골되지 않는 것만도 다행으로 여기라' 하였다. '만약 척추가 탈골되었다면 하반신이 마비됐을 텐데 그런 경우를 감안하면 한 달은 아무것도 아니다'고 부언했다. 그러나 성우는 '학교에 장기간 결석하는 게 염려돼 치료를 단축할 수 없느냐'고 재차 물었지만 의사는 고개를 가로저었다. 의사가 병실을 나가자 은영이가 용무가 있는지 그 뒤를 총총 따랐다.

병상을 지키고 있던 봉수와 창대가 누워 있는 성우에게 얼굴을 가까이했다. 성우가 옮게 미소를 지었다.

"대장, 한 달은 금방이야. 그때까지 참아."

"그래, 참아야지 별수 없잖아. 그렇지만 웬만큼 운신이 가능하면 서울로 갈 거야. 이곳보다 서울에 있는 병원이 낫지 않겠어?"

"그야 그럴 테지. 하지만 당분간은 이곳에 있는 게 좋아."

"당분간이라니?"

"응, 정상적으로 식사를 하고, 혼자 걸을 수 있을 때까지 말이야."

"나는 한시바삐 집에 가고 싶은데……."

"아냐, 창대 말이 맞아. 지금은 꼼짝없이 안정을 취해야 해."

"그래, 어쨌든 당분간이라는 걸 잊지 마. 그건 그렇고 너희들을 보니 새삼 고맙고 반갑다. 이 은혜는 결코 잊지 않으마."

"자식, 고마운 걸 아니 이제 제정신으로 돌아온 모양이지. 사실

우리도 처음엔 암담했어."

"야, 하똘! 대장은 지금 중환자야. 무용담은 나중에 해."

"아냐, 괜찮아. 링거를 맞으니 거의 회복된 것 같아. 대체 어떻게 나를 찾았어?"

"얘기하면 길어. 간략하게 할게."

"뜸들이지 말고 해. 그 얘기 들으려고 너희들을 붙잡고 있는데."

"그건 또 무슨 소리야?"

"빨리 얘기하고 집으로 가라는 거야. 그간 고생했으니 여긴 은영에게 맡기고."

"그렇게 못하겠어. 며칠쯤 캠핑 간다고 식구들에게 말했는데. 일찍 갈 수 없잖아. 안 그래, 상똘?"

"나도 마찬가지야. 설마 이곳에서 죽친다고 밥 안 주겠어? 하여튼 우리가 가고 싶으면 언제든 갈 테니 대장은 잠자코 있어. 건강에 이로울 거야."

"……캠핑 때문에 대장 집에 전화했더니 은영이가 전화를 받는데 걱정이 이만저만 아니었어. 오빠가 3일 전에 영월에 갔는데 돌아오지 않고 있다는 거야. 그래서 자기가 지금 찾아 나서려는 참이라고 했어. 당장 같이 가자고 했지. 은영이가 승낙해 봉수에게 연락해 합세하게 됐고. 셋이 영월에 와서 어렵사리 삼정광업소에 당도했지만 어떻게 찾을지 막연했지. 마침 광업소를 지키는 할아버지가 있기에 대장을 봤느냐고 물으니, 며칠 전 이곳에 왔었다는 거야. 그렇지만 광산 여기저기를 둘러봐도 대장은 없었어."

"갱 안을 둘러보지 그랬어."

"물론 그럴 생각이었지. 대장이 예전에 한 말도 생각났고……. 그러나 손전등이 없는 데다 날도 저물어 돌아설 수밖에. 그날은 주천에서 자고 이튿날, 광산을 가려는데 은영이가 '주천파출소에 들러보자'는 거야. 그 제안대로 했는데 요행 박 순경님을 만난 게 행운이었어. 박 순경님이 대장을 알고 있었지 뭐야. 우리가 대장의 실종을 얘기하니, 함께 찾아보자고 하시는 거야. 그 뒤 우린 박 순경님과 광산엘 다시 와 갱 안으로 살피는 중에 뭔가 두드리는 소리를 듣게 됐고, 우린 그 소리를 좇아 점점 갱 깊숙이 들어갔지. 그러다 사이 갱까지 왔을 때에야 소리의 진원지에서 마침내 대장을 발견한 거야."

"나를 찾느라 애를 무척 썼구나. 내가 그 사이 갱에서 미끄러지지만 않았더라도 너희들에게 그 고생을 시키지 않았을 터인데……. 그런데 하똘! 예전에 내가 무슨 말을 했다고 그래?"

"응, 그건, 언젠가 대장이 우리더러 '내가 안 보이면 보석광산에 있겠다'고 한 것 같은데……. 아마 중2 때일 거야. 야, 상똘! 너도 기억나지?"

"나도 들은 것 같아."

"자식들! 기억력 하나는 녹슬지 않았네. 나는 통 기억에 없는데……."

의사를 쫓아갔던 은영이가 돌아왔다.

"오빠를 가급적 빨리 서울 병원으로 이송시켜달라고 떼를 썼어."

"의사 선생님은 뭐라고 하셔?"

"지금은 절대 안정을 취할 상태이긴 해도 경과를 봐서 이송시켜주겠대. 느낌으론 그리 오래 걸리지 않을 것 같아."

"그거 잘됐네. 수고했다."

"그리고 내일부터 금식이 해제돼 미음을 먹게 된대."

"나는 미음보단 밥이 먹고 싶은데……."

"대장! 미음 다음은 밥이야. 그땐 바로 이송이니 너무 조급해하지마."

"미음 다음은 밥이 아니고 죽이잖아."

"죽이든 밥이든 먹게 된 게 어디야? 갱 속에서 굶어 죽을 뻔한 걸 생각하면 모든 게 기적 같다. 다 너희들 덕분에 산 거야. 참, 그러고 보니 박 순경님께 고맙다는 인사도 제대로 못했네."

"나중에 해도 늦지 않아. 지금은 회복이 우선이야."

병원에 입원한 지 일주일째 되는 날, 성우는 '서울의 병원으로 전원해도 좋다'는 통지를 받았다. 퇴원을 허락한다는 뜻이었다. 성우는 은영과 상의해 퇴원을 다음 날로 정했다. 그리고 그런 의사를 병원 측에 전달했다. 오후 시간, 성우는 은영더러 박 순경을 찾아뵙고 자신을 대신해 감사의 말을 전해달라고 부탁했다.

은영이가 병실을 나간 사이 성우는 몸을 일으켰다. 휠체어나 보행기 없이 온전히 혼자 걸어 볼 작정에서였다. 허리를 고정한 보조기를 착용하고 있어 잘못될 일은 없겠으나 그래도 통증이 올까 염려는 되었다. 병상을 내려와 몇 발자국 걸었다. 약간 어지럽긴 해도 허리의 통증은 느끼지 못했다. 안도의 숨을 내쉬었다. 내친김에 복도까지 나왔다. 조심해서 걷는다면 별 탈이 없으리라는 자신감이 솟구쳤다. 기쁨에 기분이 붕 떴다.

# 9

8월 하순의 어느 날 오후, 성우와 은영이 살고 있는 신당동 집에 예고 없이 두 사람이 나타났다. 김 상무와 삼정공영 부사장이었다. 반갑지 않은 불청객답게 둘은 오누이에게 무리한 요구를 했다. '회사와 광산이 부도에 직면했다'면서 '살고 있는 집을 팔아 부도를 막든가, 아니면 회사와 광산을 자신들에게 넘기라'는 것이었다. 물론 성우와 은영은 그렇게 할 수 없다며 거절 의사를 분명히 했다. 그러나 둘은 상대가 미성년자인 탓에 만만히 여겨 줄곧 강압조로 나왔다. 특히 김 상무가 더했다. 하는 짓거리로 보아 김 상무가 부사장을 충동질해 데려온 것처럼 느껴졌다. 참다못한 성우가 몸이 성치 않은데도 눈을 부라리며 대들었고 은영도 경찰을 부르겠다고 하자 그들의 태도가 수그러졌다. 하지만 그들이 요구까지 거둔 건 아니었다. '후회하게 된다'느니, '회사 사람들을 데려와 집을 점거하겠다'는 등의 협박을 일삼다 '다시 오겠다'는 뒷말을 남기고 돌아갔다.

"오빠! 저들이 다시 올 텐데 그땐 어떡하지?"

"다시 온들 저들이 어쩌겠어. 집도 어머니 명의 아냐? 걱정 마."

"그래도 대책은 세우는 게 낫지 않아? 변호사를 찾아가서 상담이라도 받아보자."

"나도 그 생각을 했어. 지금은 순영 누나를 찾는 게 우선이야. 순영 누나를 찾으면 저들이 횡포를 못 부릴 거야."

"알았어. 그런데 가정부 아주머닌 왜 갑자기 그만뒀을까? 아침까지도 별 말씀이 없었는데……. 이유를 모르겠어."

"나도 그래. 한 가지 분명한 건 그전부터 그만둘 생각을 하셨던 거야. 그래서 월급을 받자마자 관두신 거고."

"그렇다 해도 3년 넘게 계셨는데……. 달랑 쪽지 하나 남기고 도망치듯 가신 건 야속해."

"나름의 사정이 있었겠지. 혹 김 상무의 지시 때문인지 누가 알아?"

"그게 무슨 말이야?"

"응, 가정부 아주머니를 김 상무가 데려왔으니 김 상무 사람이라는 거야. 조 기사도 마찬가지고."

"나는 까맣게 몰랐네. 아주머니가 김 상무 사람이었다니……. 그렇다면 언제든 나타나 우릴 해코지하지 않을까?"

"글쎄, 배신자는 맞지만 해코지까지야 하겠어? 지난번 부모님이 영월에 가실 때 순영 누나와 함께 간다는 것을 알린 사람이 아주머니라고 믿어. 그래서 아줌마를 배신자라고 하는 거야."

"그런 일까지 있었어? 그게 정말이라면 배신자가 틀림없네. 참 무서운 사람이구나."

"아주머니 얘긴 그만하자. 당장 새 가정부 아주머니를 구해야 할 텐데……. 네 생각은 어때?"

"그 문젠 내게 맡겨. 내가 알아서 할 테니."

은영은 근심이 가시지 않은 얼굴로 주방으로 향했다. 성우 역시 마음이 편치 않았다.

9월이 되었어도 순영의 생사 여부는 여전히 오리무중이었다. 은영은 틈틈이 실종 신고를 한 영월경찰서와 주소지 경찰서를 찾곤 하였으나 순영에 대한 소식은 하나같이 들을 수 없었다. 그렇다고 은영은, 성우도 마찬가지지만 언니 순영이 죽었다는 생각은 결코 하지 않았다. 어디선가에서 살아 있고, 또 피치 못할 사정으로 자신들 앞에 나타나지 않는다고 그렇게 믿었다.

11월 말, 성우와 은영은 자신들이 사는 저택 아래층을 세 놓기로 하고 근처에 방 세 개짜리 집에 전세를 들었다. 김 상무와 부사장이 다시 올까 하는 두려운 까닭도 있지만 그 보다는 남매만이 살기엔 기존의 집이 너무 컸고 또 경제적 측면을 감안해서였다. 다행히도 돌아가신 어머니의 은행 계좌에 꽤 많은 돈이 예치돼 있어서 그 돈으로 전세금을 치를 수 있었고 생활비나 학비 걱정은 하지 않아도 되었다.

성우 남매가 전세 든 집은 마당이 딸린 독채였다. 집은 낡고 협소해도 큰길가에 위치해 있어서 통학이나 장보기가 수월한 이점이 있었다. 애초에 그런 점을 고려해 택한 집이기도 했다.

이사를 할 때, 쓰리똘이 자기 일처럼 성우 남매를 거들었다. 셋 중 활달하게 굴며 유독 열심인 건 일주였다. 다분히 은영에게 관심이 있어서 그런 모양이었다. 그의 시선이 자주 은영을 향해 있는 걸 성우는 물론 봉수와 창대도 알아챌 만큼 일주의 속내는 뻔했다. 이사 후에도 일주는 발길이 잦았다. 성우는 그런 일주가 때론 귀찮고 불편하기까지 했다. 그러나 어쩌랴. 의리로 맺은 친구 사이가 아니던가.

은영이 봉수를 입에 올렸다.

"오빠! 덩치가 큰 친구는 통 안 보이네."

"봉수 말이구나. 그 친구는 왜?"

"응, 그냥 해본 소리야."

"일주가 오는 것도 성가신데 봉수까지 들락거리면 집이 어떻게 되겠어? 너 혹시 봉수가 마음에 있는 것 아냐?"

"괜한 소리 마. 이 몸은 임자가 따로 있어."

"학생이 못하는 소리가 없네."

"공부가 임자라는 뜻이야. 난 오빠 친구들한테 관심 없어."

"그렇다면 마음이 놓인다."

"아무튼 이제 집안도 정리됐으니 오빠도 공부에 신경을 써."

"알았어. 그런데 가정부 아주머니는 언제 구할 거야?"

"소개소에 말해 놨으니 곧 올 테지. 조금만 참아."

밤늦은 시각에 일주가 찾아왔다. 술기가 있어 밖에서 응대하려 했으나 일주가 부득부득 집 안으로 들어오겠다고 했다. 성우 방에 들어온 일주가 아무렇게나 털썩 주저앉았다. 무슨 속상한 일이라도 있는 듯싶었다.

"중똘, 왜 그래? 무슨 일 있어?"

"별일 아냐. 그냥 대장이 보고 싶어서 찾아온 거야."

"자식, 무슨 일이 있구나. 술까지 걸친 걸 보니."

"그래, 학교 선배와 한잔했어. 고민이 있다고 하니 선배가 쫄쫄이(막걸리) 먹고 털라는 거야."

"자식, 어린놈이 벌써 술이야. 그건 그렇고 고민이 뭐야. 돈 때문이야?"

"물론 그게 이유일 수 있지만……. 한마디로 사는 게 힘들어. 외롭기도 하고……. 외삼촌 집을 나왔어. 눈치가 보여 더 이상 있을 수가 있어야지. 좀 됐어."

"야, 인마! 그럼 진작 나한테 알릴 것이지. 그래, 날도 추운데 지금 어디서 지내? 방은 구했어?"

"그런 걱정 마. 잠잘 데는 있어."

"잠잘 데라니, 그게 어디야?"

"말하기가 좀 그래……. 청량리에 있는 화수교 교당에서 지내. 밥도 거기서 먹고. 홍릉 근처야."

"화수교라고……? 왠지 생소하지 않은데."

"응, 불과 물을 신성시하는 일종의 종교 단체야. 우주교라고도 하지."

"어디에서 들은 것 같기도 한데……. 혹 사술과 혹세무민으로 사람들을 끌어모으는 신흥 종교 아냐?"

"신흥 종교일 수는 있지만 사술과 혹세무민으로 사람들을 끌어모으지는 않아. 대장이 언제 교당에 와서 직접 봐. 그러면 화수교가 어떤 종교지 알 수 있을 거야. 내가 학생회 부회장이라서 하는 말이 아냐."

"자식, 꽤 열성적으로 다녔는가 보지. 감투까지 쓴 걸 보니."

그때 방문 밖에서 은영의 음성이 들렸다.

"오빠! 누가 왔어?"

"응, 일주가 왔어. 들어와."

은영이 방으로 들어오자 일주가 자리에서 벌떡 일어났다.

"언제 왔어?"

"예, 방금 왔어요."

"저녁은……?"

"먹었어요."

"그럼, 내가 마실 거라도 갖다 줄까?"

"괜찮아요. 곧 갈 거예요."

은영이 나가려다 말고 일주에게 정색하고 말했다.

"접때도 그랬지만 말을 놔도 돼. 나이도 같고 오빠 친군데 공대하니 거북하다."

"아녜요. 모르는 사이인데 어떻게 말을 놓을 수 있어요?"

"중똘! 너, 그러다 습관 된다. 그냥 말을 놔."

성우의 말에 둘이 동시에 웃었다. 은영이 나간 사이 일주가 자세를 고쳐 앉았다. 할 얘기가 있는 듯했다.

"대장! 사실은 부탁할 게 있어 찾아 왔어. 돈 문제는 아냐."

"뭔데, 말해봐."

"짐을 좀 맡아줬으면 해. 방을 구할 때까지 당분간이야."

"그것 때문에 온 거야?"

"그래."

"자식, 별것 아닌 걸 갖고. 야, 중똘! 차라리 이 기회에 우리 집에 와서 사는 게 어때? 은영이도 싫어하지 않을 거야."

"대장, 그건 안 돼. 나도 자존심은 있어."

"알았어. 너 편할 대로 해. 그렇지만 어려운 일이 생기면 나한테 말해. 우린 사촌사잖아."

"고마워, 대장. 짐 문제로 고민했는데 이제 한시름 놨다."

"자식……."

다음 날, 일주가 용달차에 몇 개의 박스와 큰 가방을 싣고 와 성우에게 맡겼다. '방을 구하는 대로 짐을 가져가겠다'는 말을 남기고 바삐 돌아갔다.

❊ ❊ ❊

약간 어두운 장내에 말쑥한 차림의 남녀들이 운집해 있었다. 그들의 시선은 똑같이 작은 탁자가 놓인 연단 쪽을 향해 있었다. 흡사 무엇을 기다리는 듯했다. 잠시 후 섬세하기조차 한, 전자음으로 짐작되는 현묘한 선율이 좌우 벽과 천장에서 흘러 나왔다. 웅성거리던 장내가 일순 조용해졌다. 그리고 그에 맞춰 사람들이 무릎을 꿇기 시작했다. 나도 남들처럼 따라 했다. 무릎 꿇은 사람들 머리 위와 천장 사이는 이제 막힘 없는 공간처럼 되었다. 그 사이를 현묘한 선율이 수십, 수백 갈래의 뱀처럼 헤집고 다녔다. 곁의 일주가 내게 귀띔을 했다. '이 음악은 그룹 징키스칸의 〈우주에서 온 메시지〉'라고. 나는 말없이 고개를 끄덕였다.

음악 소리가 뚝 그치자 검은 빛깔의 연단 뒤가 양옆으로 서서히 벌어지기 시작했다. 드리웠던 장막이 걷히는 셈이었다. 그리고 연단이 붉고 푸른 조명에 의해 한층 밝아졌다. 그때 푸른 두건과 푸른 장의로 온몸을 가린 사람이 나타났다. 어디서 어떻게 나타났는지는 알 수 없을 정도로 순식간이었다. 또 한 사람, 또 한 사람, 그런 식으로 스무 명가량의 청의인들이 나타나 연단 가장자리에 차례로 도열했다. 그게 다가 아니었다. 다시금 뭔가 나타났다 싶더니 앞서 청의인들처럼 두건과 장의로 몸을 가린 10여 명의 사람들이 연단에 모습을 드러냈다. 청의인과 다른 홍의인이었다. 그들도 곧 연단 가운데를 두고 좌우로 나눠 도열했다. 누구를 맞이하려는 행동처럼 보였다.

잠시 후, 둥! 둥! 둥! 하는 북소리가 세 번 날 즈음, 붉고 푸른 연단의 불빛이 꺼졌다가 재차 밝아졌다. 그게 신호일까. 그새 연단 뒷면에서 흰 연기 같은 게 무럭무럭 일었다. 연기는 점차 장내에까지 뻗쳤다. 연기는 단순하지 않았다. 향기를 내포한 향연이었다. 그리고 향연 때문인지 몰라도 왠지 기분이 아늑해졌다. 마치 곱고 화사한 봄 들판에 있는 그런 느낌이라고 할까. 일주가 다시 소곤거렸다.

'……. 앞서 음악처럼 향연도 마음을 정화시키는 것 같지 않아?'

나는 동의한다는 표시로 고개를 끄덕였다.

연단 가운데를 비워둔 상태여서 무언가 또 나타날 것만 같은 예감이 들었다. 아니나 다를까. 체구가 작은 두 장의인이 각각 손에 푸르고 붉은 용기를 받쳐 들고 연단 뒷면에서 걸어 나왔다. 머리에서 발끝까지 검은 두건과 장의로 온몸을 가리긴 했어도 어린아이들 같았다. 용기는 한 뼘 크기의 작은 호로병처럼 생겼고 붉은 용기에서 촛불보다 좀 큰 불꽃이 이는 게 이채로웠다. 그렇지만 푸른 용기에는 무엇이 담겼는지 알 수 없었다. 신성시하는 내용물이 담긴 건 분명했다. 호로병을 받쳐 든 체구가 작은 장의인들이 연단에 있는 탁자 앞에 멈춰 섰다. 그리고 각각의 호로병을 탁자 위에 올려놓았다. 그 과정에서 절도 있는 동작으로 무릎을 치켜들더니 동시에 바닥을 쳤다. 의례를 하기 위해 훈련을 받은 모양이다.

여성의 목소리가 장내에 울려 퍼진 건 바로 그 직후였다.

"우주인 여러분! 우주의 시초가 무엇인가요?"

뜬금없는 소리였다. 그렇지만 장내의 사람들은 흡사 고대했다는 듯 일제히 호응했다. 일주도 예외는 아니었다.

"불과 물입니다!"

여성의 물음이 다시 뒤따랐다.

"불과 물은 어디에서 왔나요?"

"우주의 본향에서 왔습니다!"

"그럼, 우주의 본향은 어딘가요?"

"화수의 정수(精髓)인 알파 에너지입니다!"

"맞습니다. 여러분 모두는 이제 알파 에너지에서 오신 대신령이자 진정 메시아인 화수도인님을 친견할 자격이 있습니다."

"감사합니다, 교선님!"

여성의 목소리는 그쯤에서 더 이상 들려오지 않았다. 그런데 여성의 목소리가 그친 뒤에야 목소리가 귀에 익다는 생각이 문득 들었다. 순영 누나의 음성과 흡사했다. '혹시, 순영 누나일까?' 그러나 그런 생각도 잠시, 장쾌한 음악 소리(징키스칸의 〈롬〉 같았다)가 별안간 나더니 찬연한 옷차림에 불꽃 모양의 화염관을 쓴 사람이 연단 중앙에 홀연 나타났다. 옷과 화염관 모두 황금색이었다. 사람들의 이목이 그 황금인에게 집중됐다. 나 역시 여러 생각을 할 계제가 아니었다. 그 황금인의 일거수일투족을 주시하며 관심을 기울였다. 장내는 숨소리 하나 들리지 않았다. 그러나 황금인은 연단 중앙에 버티고 선 채 입을 열거나 미동조차 보이지 않았다. 어쩌면 암암리 참석자들의 수를 파악하는 것인지 모를 일이었다. 좀체 언동이 없던 황금인이 고개를 좌우로 움직였다. 장내를 둘러볼 모양이었다. 어느 순간, 황금인의 시선과 내 시선이 딱 마주쳤다. 그런데 놀랍게도 황금인의 얼굴 형태가 없다는 걸 그제야 깨달았다. 거의 동시에 어떤 대상이 머릿속에 떠올랐다. 바로 자신에게 환영처럼 나타나는 화수도인, 그 대상이었다. '설마, 저 연단의 황금인이 그 화수도인일까?' '교선이라는 여성이 화수도인이라고 했으니 동일인일지 몰라.' '만약 동일하다면 김 상무와 어떤 관계일까? 당연히 2인 동체일 테지…….' '황금인의 음성을 들어보면 좀 더 확실할 텐데 아무 말이 없으니…….' 그때 누군가가 옆구리를 쿡 질렀다. 일주인가 싶어 돌아보니 일주는 간데없고 웬 낯선 이가 자신을 되쳐다보는 것이었다. 사람 같은데 얼굴이 없고 눈만 있는 자가……. 겁이 덜컥 났다. 급히 외면하고 일주를 찾았다. 그러다 주위에 있는 모두가 눈만이 있는 흉물스런 것들로 변해 있음을 알아챘다. 당장 이곳을 벗어나야 했다. 그러나 마음만 앞섰지 발이 움직여주지 않았다. 게다가 여기저기서 뻗쳐오는 뼈다귀 손, 너무나 무서워 비명조차 지를 수 없었다.

# 10

아직은 초겨울이지만 비가 내린다는 건 추워진다는 전조였다. 성우는 날이 추워지기 전에 일주가 있는 우주교 교당에 가보기로 했다. 마침 내일이 일요일이고 해서 마음먹은 김에 하루라도 빨리 가는 게 좋을 성싶었다. 사실은 꿈속에서 들은 교선이라는 여성의 음성이 머릿속을 떠나지 않아 그런 결정을 한 터이다. 물론 꿈을 믿는 건 아니지만 그래도 순영 누나의 행방에 대해 어떤 실마리라도 얻을까 하는 기대는 없지 않았다. 부슬한 빗줄기임에도 도로를 오가는 차들의 움직임은 꽤나 느렸다. 성우는 창에서 물러나 시계를 봤다. 8시가 거의 다 됐다. 학교를 가야 할 시간이다.

일요일 오후, 성우와 은영은 나란히 집을 나섰다. 그러나 둘의 행선지는 달랐다. 은영은 찬거리를 사러 시장에 가는 중이었고 성우는 청량리에 가기 위해 버스 정류장으로 가는 길이었다. 갈림길에서 은영은 성우에게 "일주에게 안부 전해줘"라는 말을 건네고선 잰 걸음으로 제 갈 길을 갔다. 성우는 무덤덤하게 그냥 보낼 수 없어 저만치 가는 은영을 불러 세웠다. 그리고 돌아보는 은영에게 손을 흔들었다. 그때 한줌 햇살이 미소 짓는 은영의 얼굴을 밝게 비췄다. 티없이 맑고 활짝 핀 예쁜 모습이다. 성우는 새삼스레 묘한 기분이 들었다. 따뜻한 행복감 속에 누이에 대한 애틋함과 이성적 감정이 복합된 그런 심경이라 할까. 성우는 별 이유 없이 한숨이 나왔다. 하늘은 잠시 개는가 싶더니 다시금 흐려졌다.

성우는 버스가 청량리역에 당도하자 내렸다. 역사 뒤로 난 길을 택해 홍릉 쪽으로 걸었다. 홍릉까진 먼 거리가 아니어서 그때부터 길가의 간판이나 건물을 살피며 갔다. 겨울이라 해가 빨리 질 테지만 지금 시각이 오후 3시경, 화수교 교당을 찾는데 시간적으로 여유가 있다고 생각했다. 단지 일주에게 미리 연락을 취하지 않았고 화수교 교당의 위치를 모르긴 해도.

걷다 보니 어느새 홍릉이 가까워졌다. 홍릉 근처라고 했으니 이쯤에서 수소문하면 찾을 수 있을 것 같았다. 화수교 교당을 찾을세라 이리저리 둘러보다가 나이가 지긋한 장년의 행인에게 화수교 교당이 어디에 있냐고 물어봤다. 그러나 '자신은 이 동네에 살지만 화수교 교당은 금시초문'이라고 했다. 그래서 다시금 장바구니를 든 한 아주머니에게 화수교 교당을 찾는다고 하자 '화수교 교당을 본 적이 있는 것 같다'면서 '홍릉을 끼고 걷다 보면 절이 있고 절 못 미처 삼색기가 걸린 건물일지 모른다'는 것이었다. 대답이 막연했지만 일단 가봐야 했다. 아주머니가 알려준 대로 얼마를 가자 절을 가리키는 하얀 말뚝의 이정표를 보게 되었다. 그리고 그쯤에서 저만치에 외따로 있는 한 조립식 단층 건물이 눈에 띄었다. 정면에 삼색기가 걸려 있어 아주머니가 말한 그 건물 같았다. 건물 주변은 인적이 뜸했다. 그 때문인지 몰라도 건물이 마치 사용치 않는 큰 창고 같다는 인상을 받았다. 곧장 그 건물로 걸음했다.

삼색기가 걸린 건물은 화수교 교당이 맞았다. 홍, 청, 보라, 삼색기 아래쪽에 부착된 '화수교 서울 본당'이라고 쓰인 간판 때문이었다. 성우는 잠시 망설이다 유리 출입문을 가볍게 밀었다. 문은 잠겨 있지 않았다. 안으로 발을 들여놓자 지키는 사람이 없는 대신 귀에 와닿는 작은 소란스러움이 지하 계단을 타고 올라왔다. 사람이 있다는 증좌였다. 1층은 현관에서부터 문과 벽으로 차단돼 들어갈 수 없게끔 돼 있었다. 조금 긴장한 채 계단을 통해 지하로 내려갔다. 아래에도 문이 있었다. 회색 빛깔의 철문이었다. 문은 꼭 잠겨 있지 않고 틈이 벌어진 상태여서 소란스러움이 새는 이유를 알 수 있었다. 문을 슬며시 열고 안을 들여다봤다. 생각 외로 내부가 널찍했다. 그리고 보라색 옷을 입은 사람의 주도로 20여 명의 남녀 사람들이 다함께 손뼉을 치며 뜻 모를 소리를 반복하고 있었다. "봄봄 현령흠!" "봄봄 현령흠!" 조금 낯설고 우습기도 한 광경이 아닐 수 없었다. 그러나 일주를 찾는 게 목적이어서 개의치 않고 안으로 들어섰다. 그때 보라색 옷의 사람이 성우의 출현을 알렸는지 사람들이 고개를 돌려 성우를 쳐다봤다. 성우는 사람들의 시선이 자신에게 쏠리자 겸연쩍었지만 다행히도 그 사람들 중에 일주가 있음을 발견해 민망하지는 않았다. 일주가 사람들 사이에서 일어나 이쪽으로 왔다.

"대장! 어떻게 왔어? 뜻밖이네."

"궁금해서 왔어."

"그래, 이곳은 시끄러우니 밖으로 나가자."

둘은 그곳을 나왔다. 그리고 현관 층계에 나란히 걸터앉았다.

"용케 잘 찾았구나. 찾는데 힘들지 않았어?"

"별로……. 날이 추워진다고 해서 와봤어."

"내가 걱정돼서 왔구나. 난 잘 지내. 목도님이 여러 가지로 도움을 줘."

"목도님이라니? 보라 옷을 입은 사람이냐?"

"응, 맞아. 목도는 양들(신자)을 인도한다는 뜻이야. 그래서 보라 옷을 입은 거야. 보라 옷은 불(빨강)과 물(청)이 합치되면 나타나는 색깔이지. 우주색이라고도 하지."

"그럼, 아까 '봄봄 현령흠'이라고 사람들이 소리 내어 외던데 그건 또 무슨 의미야?

"봄봄 현령흠은 복과 구원을 비는 소리야."

"일종의 주문이구나."

"그렇다고 할 수 있지. 그런데 대장! 지금은 중요한 교리 시간이어서 빠질 수 없어. 끝날 때까지 기다려줄 수 없을까?

"시간이 오래 걸려?"

"아냐, 한 30분이면 돼."

"30분이면 나도 같이 있지 뭐."

"좋아. 대환영이야."

성우는 일주와 함께 다시 지하로 내려갔다. 그리고 일주 옆자리에 앉아 목도라는 사람으로부터 화수교 교리를 듣게 되었다. 그렇지만 목도라는 사람이 성우를 의식한 탓인지 몰라도 타 종교의 맹점만 부각했지 정작 화수교 교리에 대해선 이렇다 할 언급이 없었다. 기독교의 하느님은 이집트 고대 부족의 토속신 야훼를 차용했고, 천주교는 이적(異蹟)이라는 미신적 요소를 통해 성자, 성녀 칭호를 부여했는가 하면, 이슬람교가 맹종하는 바카라(암소의 장)는 기독교 성서를 베꼈다는 소리를 듣고 있으며, 불교의 주요 교리인 12연기는 시초인 무명(無明)과 마지막 노사(老死)가 연결되지 않아 연기관이 성립될 수 없다는 등의 열거가 그러했다. 생각해보니 인간이 만든 종교의 한계를 언급해 자칭 우주교라는 화수교가 참되고 우월하다는 것을 내세우기 위한 방편이 아닌가 싶었다.

교리 시간이 끝나자 둘은 교당 밖으로 나왔다. 날이 벌써 어둑해져 있었다. 성우는 시간이 이르지만 일주에게 저녁을 사주고 싶었다. 집을 나설 때 품었던 생각이었다.

"오랜만에 만났는데 우리 저녁이나 먹을까?"

"배는 고프지 않아. 아직 저녁 먹을 시간도 아니고."

"그래도 뭐든 먹자 밥을 먹든 빵을 먹든……."

"대장! 주머니 사정이 좋다면 기왕이면 고기를 사줘."

"응, 그 정도 여유는 있어."

"그럼 내가 아는 돼지구이 집으로 가. 여기서 가까워."

"그래, 좋아."

일주가 안다는 돼지구이 집은 인근 간이 시장 내에 있었다. 그렇지만 가게는 초저녁인데도 손님들로 가득해 앉을 자리가 없었다. 다행히도 주인 할머니가 자신이 거처하는 방을 내줘 일주가 원한 고기를 먹을 수 있었다. 고기를 주문한 뒤 둘은 마주했다. 새삼스러웠지만 일주는 수척하고 피곤한 모습이었다.

"교당 일이 고되지 않아?"

"좀 그래. 신문과 우유 배달을 마치면 교당 청소를 해야 하니 쉴 틈이 없어."

"학교는 계속 다녀?"

"그럼. 다니고 있으니 학생회 부회장 아냐. 방학이 돼야 나아질 텐데……."

"마음이 좀 그렇다."

"내 걱정 마! 그건 그렇고, 아직 누나 소식은 없어?"

"응, 살아 있을 것 같은데 소식이 없으니 답답해. 오죽하면 아까 본 교당 사람들 중에 누나가 있었으면 하는 생각까지 들었겠어."

"그 심정 알 만해."

주문한 고기가 화덕째 들어왔다. 석쇠에 놓인 고기가 푸짐하고 먹음직스러웠다.

"소주도 한 병 달랄까?"

"소주는 그렇고 차라리 밥을 시키자."

"마음대로 해. 빨리 먹어. 모자라면 또 시킬 테니……."

"그래 먹자. 그러고 보니 상똘과 하똘이 있었으면 좋았을 텐데."

"나중 이곳에서 모이면 되지 뭐."

둘이 돼지구이 집에서 나왔을 땐 거리의 불빛들이 환했다. 둘은 청량리역 쪽으로 걸었다. 일주가 바래다 줄 모양이다.

"신자는 많아?"

"초창기 땐 수십 명에 불과했는데 지금은 수백 명이야."

"꽤 많네."

"많은 편이 아냐. 교주님은 2, 3년 내로 신자가 1만 명 이상 불어난다고 하셨어. 그건 사람들이 빨간 UFO와 푸른 UFO에 대해 인식을 했기 때문이라는 거야. 대장은 황당해할지 모르겠지만 난 그 말씀을 믿어."

"야! 중똘, 황당한 건 둘째 치고 UFO는 또 뭐야?

"설명하면 길지만 간략히 말할게. 우주의 본원에서 지구 사람들을 말살하기 위해 병균을 실어 보내는데 그게 빨간 UFO고 그와 달리 백신을 실은 게 푸른 UFO야."

"더 설명하지 않아도 알겠어. 화수교를 믿으면 푸른 UFO가 가져온 백신을 맞고 살아남는다는 거겠지."

"맞아. 핵심은 바로 그거야."

"도대체 그런 말을 전파하는 교주님은 뭐 하시던 분이셔?"

"신상에 대해선 잘 몰라. 단지 구룡산 어딘가에서 30여 년간 우주와 소통했다는 얘기는 들었어. 그리고 난 아직 교주님의 얼굴을 보지 못했어. 물론 목도님은 봤을 수 있겠지만……."

"교주님께서 신비주의자이시기도 하네. 너, 혹시 교선이라는 여성을 알아?"

"교선? 처음 듣는데 모르겠어. 그 여성이 우리 교당 신자라면 1층 총목도님은 아실지 몰라 내가 알아봐줘?"

"아냐, 그럴 필요까진 없어."

"표정은 그렇지 않은데? 대장이 직접 예배 때 와서 찾아보는 게 어때? 예배는 매주 화요일, 수요일에 열려. 그리고 UFO에 대해 구체적인 얘기도 듣고."

"중뜰! 전도 욕심이 과하구나."

"과하긴, 하하!"

"아무튼 생각은 해볼게. 참! 은영이가 안부를 전해 달랬어."

그 말에 일주가 반색을 했다.

"그게 참말이야?

"자식! 속고만 살았나."

"너무 황송해서 그래."

"그 말 진심이야. 그대로 전해?"

"전해도 돼. 내 안부도 함께……."

"자식! 황송하다고 하더니, 속내는 따로 있네."

일주가 있는 교당에 다녀온 지 10여 일 후, 성우 남매가 사는 집에 한 통의 편지가 배달되었다. 편지를 가져온 사람은 성우 남매 집에 세 든 아주머니였다. 우편물이 오면 전해달라고 미리 부탁을 해뒀기 때문이었다. 편지는 성우 남매 앞으로 온 게 틀림없었다. 그렇지만 보낸 사람의 이름이 없는 익명이었다. 발신지의 주소도 기재되지 않았다. 은영이 의문의 편지여서 뜯어보는 걸 내켜하지 않아 성우가 뜯어볼 수밖에 없었다. 성우는 편지를 살피다가 은영이 보는 앞에서 편지를 뜯었다. 그리고 순간, 성우의 얼굴이 굳어졌다. 눈빛도 예사롭지 않았다.

"무슨 편진데 그래?"

"순영 누나한테서 온 거야."

성우의 말소리가 가늘게 떨렸다.

"뭐라고?"

성우는 편지를 은영에게 건넸다. 편지를 받아 든 은영이 이내 울음을 터트렸다. 성우 역시 마음이 매우 착잡했다. 은영을 애써 외면했지만 슬픔이 솟구치는 건 어쩔 수 없었다. 그토록 찾던 누나였건만 기쁨과는 거리가 먼 건 편지 내용 때문이었다. 내용은 간략했다.

사랑하는 성우와 은영에게

너희들 잘 지내고 있겠지?

그동안 너희들이 나를 많이 찾았을 테지만 나는 집으로 돌아갈 수 없었어. 왜냐면 타의에 의해 약물에 중독돼 몸이 만신창이가 되었기 때문이야. 그래서 지금 살아 있어도 산 목숨이 아냐.

보고 싶은 나의 동생들! 내가 없더라도 앞으로 꿋꿋하게 살아야 돼. 알겠지? 그리고 성우, 너는 믿음직한 오빠로서 은영이를 잘 보살펴줄 거지? 나는 너를 믿는다.

순영으로부터

저녁, 텔레비전 뉴스에 '금일 오후, 한 젊은 여성의 변사체가 한강철교 부근에서 발견됐다'는 보도가 있었다. 이와 관련해 '경찰이, 현재 변사자의 사망 원인과 신원을 파악 중'이라고도 하였다.

그날 밤, 남매의 방에는 오래도록 불이 켜져 있었다.